我不怕这漫长黑夜

苑子豪　作品

浙江文艺出版社
Zhejiang Literature & Art Publishing House

果麦文化 出品

我们终将穿越这漫长黑夜，抵达属于自己的黎明

苑子豪

目　录

contents

01

给你我的全宇宙

见不到大海没关系，
到不了湖泊没关系，
找不到河流也没关系，
只要能有小池塘安安稳稳地陪伴着，
就已经是最幸福的事情了。

Chapter 01

如果说女孩子们手挽着手上厕所是一件不能被男生理解的事，那么，男孩子们在酷热难耐的夏天还要打球打到满身汗臭味，就是女生所不能理解的了。

好在林敬东不是这样的男生。

"东哥，你就行行好，帮我和班主任求求情，让她别把我的事儿跟我爸妈说了呗？"刚因为踢球踢碎了校广播站玻璃的王四眼，用撒娇的语气祈求着林敬东。

眼前这个被求情的男生是全校闻名的人物，他是学生会主席，还是全年级第一名。学文科的他写得一手好字，每次期中期末考完试，学校的表彰橱窗里，就会出现他的试卷，向全校同学展示着他难以企及的高分和俊秀的字迹。

比他的字更好看的，是他的人。在那个人人还不会打扮的青春期里，林敬东仅凭着一身蓝白相间的校服，就足以打动所有见过他的女同学。

有人喜欢他浓密的睫毛和炯炯的眼睛，有人喜欢他宽阔的肩膀和高挑的身材，也有人喜欢他忧郁的气质和有棱角的脸型，只有冯依然，喜欢他被展示出来的语文作文。

更准确点说，是喜欢他笔下的故事。

冯依然是学校文学社的副社长，职位只低于社长林敬东，即便如此，她也没多大权力，因为整个文学社，加起来不过五个人。

在2009年，垂柳一中的社团文化氛围还没那么浓厚，没有社交网络的女同学们，也不会玩手机，她们最会的就是手挽着手，躲在教学楼的外面，等着每天放学，偷偷瞄一眼林敬东。

说偷偷绝不算过分，因为整个学校都没什么人敢和林敬东四目相视，因为他实在是太冷漠了，所有人见到他，都会被他的气场镇住，仿佛无法靠近。

除了虎头虎脑的王四眼还敢偶尔和他勾个肩搭个背，再没有人和他近身接触过，就连副社长冯依然，都很少主动和他讲话。

冯依然不敢主动讲话，还有一个原因。

时间退回五年前，读初中的冯依然是人见人夸的女同学。

她学习好，初二就当上了全校的大队长，长相甜美，男生们都爱在私底下讨论她可真会穿花裙子。那时候的冯依然就是一个戴着水晶桂冠的公主，浑身发着光，仿佛站在了全世界的舞台中央。女生爱和她玩，男生纷纷倾慕，可以说随便伸伸手，就是一大把的喜欢。

只是现在的她，自卑得仿佛陷入了无底洞。

冯依然绝没想过自己会在高中的时候突然发育，个子和体重都控制不住地生长，像一场大雨过后疯长的野草。原先体态娇小玲珑的她，只有一米五多的身高，体重不到七十斤，而现在不仅长到了一米七，体重也飙升过了一百二十斤，一下子就变成了一个不折不扣的大姑娘。

都说高中时期的女生最烦恼的三件事，一是喜欢的男生对自己毫无感觉，二是外表走形，三是青春痘比生理期还要频繁地袭来。

这三点，冯依然都占了。

她当然烦恼，于是每天上课都爱一边玩弄着头发，一边皱着眉头看窗外乱成麻的老旧电线。她也当然尝试过改变，咬着牙不吃晚饭，可还是会在夜里饿得要晕过去时，忍不住拉开冰箱，本能地往嘴里塞着食物，每次吃完，她又会狠狠地在心里把自己重新憎恶一遍。

冯依然也试过跑步，不仅没什么效果，有次烈日炎炎下还几近虚脱。

瘫倒在地上的那一刻，她的心脏快速地跳动着，仿佛在说：我的生活为什么变成了这样？

从前坐在教室的第二排，现在坐在倒数第二排。

从前被人保护成小公主，现在都笑称她是女汉子。

从前人见人爱，现在不爱见人。

所有青春期的烦恼都一下子涌了上来，怎么也抵挡不住。窗外偶尔路过的老旧拖拉机发出呜隆呜隆的噪声，掩盖了她发出的轻轻的叹息。

五星红旗飘扬在空荡荡的操场上空，早读的背诵声不时传来，巨大的钟表镶嵌在主教学楼的墙壁里，指针没有一刻停止走动。来晚了的学生背着书包默默低着头，走出急促的脚步声，沉默把整座学校装点得更加紧张而肃穆。整个高中生活都是这样规律又无聊，可也像巨大的网一样，把青春困在其中。

冯依然把头轻轻靠在教室的窗子边，发呆地盯着学校的围墙看，她烦闷地在心里想，这样一个闭塞又漫长的高中啊，究竟什么时候才是尽头，而那些青春的烦恼啊，究竟什么时候才能消解。

"他是那样一个光芒闪耀的男孩，而我，自卑又平凡。他啊，就是一个不切实际的梦，就是一个抵达不了的远方。"

冯依然小声呢喃着。

Chapter 02

"102！"王四眼大声尖叫着。

只是他说的根本不是成绩，而是班里最胖的一位女生的体重。

今天是体检日，全班同学都散散漫漫地朝体检室走去，只有冯依然走在很前面，她可不想排在中间，这样后面的同学一定可以听到体检老师喊出来的数字。当然，也绝不要在最后一个，这样全班的坏男生都会来看热闹，就像他们现在喊出别人的体重一样。

王四眼笑得满脸通红，上气不接下气，原因是他和几个坏男孩打赌，如果对方体重超过一百公斤，输的男孩就要给他当一天"孙子"。

"真争气啊，就差这四斤，还真的是险！早上多吃了几个包子吧？"王四眼过分地打趣着。

两百斤的胖女孩没说什么，抿了抿嘴，她早就习惯了别人对自己的嘲笑，这也不是第一次被嘲弄了。之前他们还有更过分的把戏，比如说她的屁股大过家里的彩电，比如说她的胸下垂得像菠萝蜜，比如说她的粗腿像树桩，还比如，让她在拔河比赛中站在队尾，用绳子一圈一圈系在身上，然后用力向下蹲。

那天炎热的太阳烤得人直冒汗，一个高中女生的自尊被蒸发着。

胖女孩习惯了这一切，她若无其事地折叠好体检报告，然后步伐缓慢、东扭西扭地就朝着查视力的地方走去。冯依然在一旁看着那几个坏男孩互相喊着"孙子"，心里一阵暗暗的愤怒，只是现在的她并不敢挺身而出说些什么，因为她的心里住着一只胆小的怪兽，时刻提防着一切可能的伤害，她才不想引火上身，让自己也不怎么光彩的体重被公之于众。

可这放在几年前，她是绝对会路见不平拔刀相助的，原因很简单，那时候的她在学校呼风唤雨。

记得初二那年，冯依然放学准备回家的时候，在停车区推着自行车，没隔多远的墙角落里，有几个男孩围在一起，仔细看看，中间还坐着一个狼狈不堪的矮个子男孩。

冯依然把车放下，跑了过去，一声响亮的呵斥，坏男孩们就回了身。

透过这几个身材高很多的男孩往下看，一个脏兮兮的被欺负的小个子，正咧着嘴，表情痛苦，他没抬起眼睛，只是丢脸地看着有些潮湿的地面。

没多久，冯依然就闻到了一股尿骚味。

"太过分了你们！以强凌弱！以大欺小！你们想过如果别人这样欺负你，你会怎样吗！"

冯依然说这话的时候底气十足，因为在她的身后，有全校最威武的那几个男同学跟着。他们是学校出了名的"校霸"，因为倾慕冯依然，所以每天威风凛凛地跟在她身后，争着抢着保护着她。

那几个围着的坏学生见了校霸就怕得浑身发抖，没吭出一声来。

"这是我弟！你们以后再欺负他试试看！"还没等冯依然说完最后一个字，几个坏学生就连忙点着头跑了。

冯依然轻轻拉开书包，从最里面的格子里拿出一包茉莉花香的纸巾，递给了这个男孩。

"哭是没用的，你要学会抵抗，知道吗？"说完，冯依然就转身推着自行车回家了。

她早就习以为常了，这也不是她在学校里救助过的第一个人，呼风唤雨的她，就是照亮很多个脆弱星球的光芒。

"一米七一，体重六十四公斤。"体检医生报出来的数字打断了冯依然回忆的思绪，想到曾经的自己，再看看自己现在的模样，冯依然冷蔑地笑了笑，终究没有替胖女生说些什么。

"喂，你的纸巾。"一个男生叫住了冯依然。

冯依然接过林敬东递过来的纸巾，才想起刚刚自己马虎地把它放在了桌子上，道了句谢，就匆匆去下一个检查室了。

她忽然回过神来，这好像是这个学期，林敬东第一次跟自己说除了文学社工作以外的话。

Chapter 03 🌙

高二的学习并不算特别紧张，虽然班主任常常念叨着"决战高考500天"，然而教室里还是有很多同学在嬉笑打闹。

王四眼是班里出了名的捣乱鬼，凡是出了事，不管大小，王四眼都是班里八卦消息的收集处，所有喜欢听八卦的男生女生，都会来王四眼这里打探。好像青春期的班级里，永远有这样一个人，他的一门心思既不扑在学习上，也不扑在女孩身上，而是淋漓尽致地展示着自己顽劣的淘气。

"王小桃跟林敬东表白了，东哥压根没理啊，连情书都没收！哈哈哈哈哈哈哈哈，尴尬不尴尬！"

"还有陈杏子，她昨天穿的袜子，两只不一样，一只横条纹，一只竖条纹，笑死我了！哈哈哈哈哈哈哈！"

"我猜测王紫薇要么是和爱游泳的林峰有一腿，要么是和林峰他爸有一腿，这几天林峰他爸总被叫来学校挨训！"

"昨天地理课上的那个屁，李昂侦查出来了，是阿肥放的。我问李昂怎么侦查出来的，他说，他跟了阿肥一天，又闻了两遍确认的，哈哈哈哈哈哈哈哈！"

三男两女围着王四眼，聚精会神地听着枯燥高中生活里的恶趣味，然后笑得前仰后翻。

"还有！惊天大八卦！冯依然初中的时候是七中校花，高一前的那个暑假还是XXS码，后来开始发育，现在愣是变成了XL码，哈哈哈哈哈哈哈！"

说到码数的时候，冯依然从身后经过，她一定是听到了他们的讨论，不然她不会脸色一变，不自然地坐了下来。

林敬东拿起一根中性笔，把笔盖拔下来，朝着王四眼的头丢过去，"哎呦"一声，王四眼就不说话了，他早就习惯了林敬东对自己的监督。

王四眼挥挥手就把听八卦的男孩女孩都轰走了，说着"今天的八卦不营业了"，然后像个小跟班儿一样把笔盖给林敬东捡回来："东哥又掉东西了嘿！"

然而林敬东并不是每次都能盯紧王四眼，不让他欺负班里的弱势群体。有次王四眼趁林敬东去教导处开学生会的会议，就起了坏心，准备好好戏弄一番班里的女同学。

这次的目标是冯依然和她的同桌王小桃，一个是林敬东的手下副社长，一个仰慕林敬东，就算再怎么欺负，应该也不会生气。

王四眼先是跟冯依然说班主任要找她谈话，支走冯依然后，和王小桃说其实林敬东一直暗恋冯依然，还给她写了非常多情书，就在冯依然的书桌里，怂恿王小桃翻她的抽屉。

王小桃是绝对抗拒的，再怎么样她也不会去翻看别人的隐私，可在王四眼的连番怂恿下，她还是带着好奇心和嫉妒心，把手伸进了冯依然的书桌里。窄小的书桌里，王小桃紧张地翻来翻去，吞咽着口水，试图寻找秘密。突然间，她以全班都能听到的最高分贝大叫了一声，然后跳了起来——

三只蚂蚱在冯依然的书桌里跳动，吓坏了最怕昆虫的王小桃。

周边的同学都看到了这一幕，王四眼故作严肃地教育着王小桃："你怎么可以这样做？趁同学不在，偷翻人家的课桌，窥探隐私！"王四眼掐着嗓子说。

还没说完，冯依然就走回了班级，后面跟着的是她半路就碰上的班主任。被戏耍的冯依然自然是被班主任骂了一顿，批评她"莫名其妙"和"疯疯癫癫"，即便她和班主任说是王四眼编造的，也会被说成"近墨者黑"和"不学点好"。

她沉着脸色，往座位上走。

班主任扬着嗓音宣布提前上课，可身边同学却没有要开始上课的意思，纷纷向冯依然投来充满同情的眼神。她一脸困惑地坐在座位上，直到发现自己的书桌被翻得凌乱，王小桃低着头不敢直视，这才明白是怎么一回事。

王四眼意识到氛围有些不对，于是拿着玻璃罐子，顺着冯依然的桌斗把三只蚂蚱抓了起来，然后悄悄撤回到了自己的座位上。

冯依然用左手拄着脑袋，藏在袖口里的耳机十分隐蔽地连在了耳朵上，音乐声瞬间就涌进了她的世界里。

只有音乐可以治愈这烦躁的一切。

林敬东从后门走进来，路过冯依然的时候，轻轻把她拄着脑袋偷听音乐的手拿了下去，然后一个平静如水的眼神递过去。

"好好听讲。"

Chapter 04 🪐

副教学楼的天台是一个极其隐秘的地方，按理说，通往天台的那扇门早就被封死了，然而不少早恋的男女，愣是把这封死的门锁给偷偷撬开了。

他们在这个无人看管的区域，吹着徐徐的风。

冯依然喜欢这个地方，因为这里空旷安静，没有纷扰。自从她身体发育身材走形后，就常来这里放空自己，仿佛在这个没有目光的地方，她才可以完完全全成为自己。

一阵略强劲的北风吹来，一下子就凌乱了她的头发，发丝迷在眼睛里，卷进嘴巴里，挡在脸前面。被风吹乱的头发就好像真实的生活一样，遭受烦恼的袭卷后，乱成一地的鸡毛。

冯依然把发丝一点点拨开，她看着天空中缓缓飘浮的云，听着手机里播放的音乐，不自觉就流下了眼泪。

我遇见谁/会有怎样的对白/我等的人/他在多远的未——

音乐忽然断了，她的耳机被摘了下来。

是林敬东。

空气从未如此沉重过。

冯依然赶快抹了抹眼泪，吸了一下鼻子，收起自己的情绪，不想被他看到。

"当你觉得很难的时候，软弱地倒下是没用的，有本事的是站起来，站得比别人高，才不会被别人看低。"林敬东说这番话的时候，没有一点语气。

逆着光线看，高大的林敬东在光束里显得格外冷峻，他脸上的线条似乎更加明朗。

冯依然当然知道他的意思，可在此刻，她一点也不需要这些逆耳忠言，她需要的很简单，就是静静的安慰，或是畅快淋漓地大哭一场。

她没有回应什么，只是简单地把耳机线收了收，准备走回教学楼了。

"明天开始，从学习到生活，我来监督你。我们文学社的同学一个都不能落下。"林敬东的话像冷冷的空气，抽打在冯依然的脸上。

说实话，不知道为什么，冯依然的脸反而热热的，毕竟自从读高中以来，这是她第一次被别人"关怀"，尽管方式有些霸道和冷酷。

那天以后，林敬东每周都会要求冯依然写周报，汇报自己一周的学习情况；他把自己的笔记全部拿出来，画出重点，要求冯依然眷抄一遍加深印象；除此以外，林敬东还利用自己午休的时间给冯依然出试卷，每天给她加几道小测题目，要求她做完。

虽然被别人管理着学习有些累，但效果是明显的，冯依然的成绩从班里平平的中游，慢慢进入了中上游的行列。

为了避嫌，要面子的林敬东要求冯依然在晚餐的时间，到图书馆的角落里跟他补习功课，这个时候别的同学都在食堂或者校外吃饭，没人会注意到他们两个在图书馆的角落学习。

林敬东才不会给自己惹麻烦，做事滴水不漏的他绝不会让任何人传出什么无聊的八卦。

"笨蛋，这个题我变换一个样子你就不会了，给你讲过多少遍，要理解它的核心要义。"

"上周的周报要拖到什么时候交，嗯？"

"今天的小测错得太多，晚上要加两道题。"

每次面对林敬东冷酷的批评，冯依然反而觉得暖暖的，她也没有想明白，圆润又普通的自己，到底为什么可以在这样一个不见光的角落里，和全校女生仰慕的男生独处。

独处就算了，林敬东还会分自己的便当给冯依然吃，因为每次补习结束后，基本上食堂都打烊了，冯依然常常饿到肚子叫。

"我妈做的便当，分你一半，里面都是按营养比例来的，吃完这些，就不用再吃别的了。"

冯依然盯着便当盒里的紫薯、牛肉、腰果、玉米、核桃的奇怪组合，满脸沮丧，要知道这些看起来就让人没食欲的食物简直就像是冷冰冰的林敬东，根本难以下咽。

可是想到这或许也是减脂的一种好办法，她就咬咬牙，坚持下去了。

吃饭的时候，林敬东不会说话，甚至连咀嚼东西的声音都小小的。好动的冯依然总是一边抬着头嚼着，一边仔细打量林敬东的脸。

她在想，这样的男生是怎么存在的，他简直就像是一场梦。

Chapter 05

报名风靡一时的第二届"THE NEXT文学之新"新人选拔赛，是文学社最近最忙碌的事，社长林敬东组织全校七八名热爱写作的同学，一起投稿参加这个比赛。

TN大赛是郭敬明举办的全国范围的作文比赛，类似选秀，从全国选拔出色的年轻写手，把他们打造成星光闪耀的作家。

"我们要成为明日之星！"社员兴奋地冲林敬东说，可以从她的眼睛里看到那份希望闪着的光。

林敬东只是微微笑着，然后低着头，把打印好的稿子小心翼翼地对折，一份一份塞进信封里。

"这次咱们社投递了八十多份稿子，每个人把自己看家的文章都拿了出来，全国估计都没咱们这么疯狂的吧？"一个社员得意扬扬地说。

另一个男生瞥了他一眼，不识趣地说："你怎么想，别人就怎么想，你投七八份，别人也会投七八份。这全国选拔就像大海捞针，寄得到寄不到还是个未知数呢。"

被打击积极性的社员赶快捂住他的嘴："吓吓吓！"

确认他不再说了，才继续捧着林敬东的面子说："这次比赛意义非同一般，我们社在学校社团里是最冷清的一个，要是能通过这个比赛拿个名次，我们社也就一下子火了，到时候同学们都得挤破脑袋找咱们林敬东社长申请入社！"

冯依然笑了，不知道是笑他的幼稚，还是笑他的拍马屁。她对着三个社员，语气稳练地说："虽然选拔赛很残酷，通过初选都很难，但我们还是要坚定信心，捍卫自己的梦想！"

八百辈子没笑过的林敬东"噗嗤"一声笑了出来："就是一个普通的比赛，被你们说得像是要上战场，幼稚不幼稚？"

嘴上虽然这样说，可心里却一定知道自己有多想在这个比赛中晋级，让自己的文字被更多的人看见，毕竟冷冷的他，从小的爱好就只有写作这一个。

他也一定知道，和自己同样爱好写作的冯依然有多想晋级，现在一无是处的她，数学总是搞不明白的她，谈起未来就头疼的她，多需要一个鼓励自己的证据，来给不自信的丧丧的自己加一程油。

只是，投递出信封的那一刻，就像把石头丢进了大海。

有的时候会听见"扑通"一声，然而大多数时候，我们的努力都不会获得任何反响。

这和爱一个人一样。

今年已经是TN大赛举办的第二届了，第一届入围的那些作者，全都在包装之下出版了自己的图书，成为年轻人追捧的青年作家。他们出小说，在全国各地举办读者见面会，签名给粉丝，被成千上万的人喜欢。

这一届的比赛结果，也会按照惯例，通过《最小说》杂志公布，入围的选手需要到北京参加复赛，所有费用都由组委会承担。

冯依然一定不会忘记，临近最新　期杂志发行的时候，她每天都跑两趟学校门口的书店询问杂志是否到货，在网络还不发达的年代，等待一个消息，就像等一封信一样。

终于在一个火烧云满天的傍晚，她在书店里拿到了这期刚刚到货的杂志。

手抖着付了钱，又手抖着拆开杂志，翻到TN选拔赛的专区时，整个心脏都快要跳出来了。

她根据赛区，顺着入围名单一点一点往下看，没有发现任何一个姓"林"的名字。

然而她看到了"冯依然"三个字。

冯依然，入围作品：《被时间遗忘的海浪》。

奇怪，明明自己没有这篇文章，难道是社长林敬东给大家修改文章题目的时候，也帮她改了？

哎，这个自以为是的家伙，帮了那么多人修改，自己却没有晋级入围。

滚烫烫的，脸就像被头顶的火烧云晕染了一样，烧得通红，她一定知道"背叛"了在图书馆里等自己补习的林敬东而偷偷跑出来有多不好，更差劲的是，他没有入围，而自己偏偏入了围。

毫不夸张，那个傍晚成了冯依然高中时期最艰难的一个傍晚，她清楚地知道，没有林敬东的陪伴和鼓励，自己在比赛中绝不可能有任何进展。况且，她也根本不想抛下林敬东，自己一个人单枪匹马地晋级。

冯依然装作若无其事地走进图书馆，在林敬东面前坐下来的时候，她的心脏快速地跳动着。

"入围了吧。"林敬东冷冷地说。

"啊？"冯依然装着傻，抢过林敬东手里的便当盒，然后一口一口往嘴里送，"你说你入围了？恭喜你啊，到哪都会发光的金子同学。"

"我应该没有入围。"

"啊？"冯依然躲闪着他的目光，"是吗？"

"我从你的眼睛里看到的结果。"

"啊？"第三个"啊"字之后，心慌意乱的冯依然终于不知道该怎样接下去了。

她翻了一页书，发出"唰"的声音，如同一片枯干的树叶，静静地落在图书馆的地上。

"我不去。"

冯依然低着头，装模作样地盯着书看，单从她发出的有些颤抖的声音就能猜测到，她有多么张皇失措。

"去。"

林敬东的这一个字里让人辨别不出他的情绪，但一定是不好的情绪。

"我说了不去，你为什么总要左右别人的决定？"冯依然有些生气，其实她气的根本不是被左右，而是林敬东不懂她的真心。

林敬东把冯依然手里的便当盒抢过来，直视着她的眼睛："这是你的梦想，你必须去实现，况且你太需要这个机会了，它会让你更自信，让你看到自己的闪光点。"

冯依然站起了身，像是被点燃的火柴："你凭什么认为我不自信？我不自信又怎么样？我就算再不好，也不需要你替我做的决定来证明自己！我有一万个不好，但至少懂得人和人之间的情感！"

她摔下一句"你根本就不懂"后，就跑开了。

很多时候，就算是丑小鸭，也会拥有属于自己的一小片池塘。见不到大海没关系，到不了湖泊没关系，找不到河流也没关系，只要能有小池塘安安稳稳地陪伴着，就已经是最幸福的事情了，它并不奢求过多。

图书馆呈现出从未有过的静谧。

Chapter 06

和林敬东冷战的时间足足有三个月，冯依然再没踏进图书馆一步，当然，她也兑现着当初的承诺，没有去参加TN比赛的复赛。

其实她只是一直以来都不喜欢林敬东的霸道和冷血，总是摆布着别人的生活，左右着别人的决定。如果没有一起晋级，宁可谁也不去，这样有人情味的事情在冯依然看来是两肋插刀的义气，而对于林敬东而言，却是不可理喻。

或许这就是女孩和男孩的区别。

女孩为了对方而放弃彼此，男孩为了彼此而放弃对方。

秋天的北京还是有些凉的，有些树叶还固执地不想凋落，于是就和秋风对抗着。冯依然裹着一件薄薄的毛衣走在校园中，耳朵里插着耳机，听着的歌还是那首《遇见》。

由于没有人再来摘掉她的耳机，于是她完完整整地听了一遍后面的唱段。

我往前飞/飞过一片时间海/我们也曾在爱情里受伤害/我看着路/梦的入口有点窄/我遇见你是最美丽的意外。

瘦了一些的冯依然，还是那个没有安全感，需要用音乐来填充自己的不安的女孩。她每天用功读着书，也习惯了吃少量的健康的食物维持身材，没有再持续发胖下去的她，既不好也不坏，在偌大的世界里小小地存在。

走回班级的时候，班里安安静静的，教室后面的黑板报上赫然写着"决战高考200天"的大字，不管是先前爱闹的王四眼，还是情种陈杏子，都趴在桌子上吃力地做着练习册。和林敬东冷战后，王小桃就顺势重新回到了冯依然的怀抱，在这个班级里曾发生过的那些故事，似乎都被时间的尘埃掩埋住了，不露一点痕迹。

由于功课越来越紧张，很多同学中午都不再回家午休，而是在教室里做题复习。

这天的冯依然也是一样，披着一件外套，戴着耳机，一边听着歌，一边解着难懂的数学题。一旁的王小桃早就趴在桌子上呼呼大睡了，这让冯依然也有了困倦之意。

透过窗子的光线打在她身上，轻轻地拍着，没多久，她就进入了梦乡。

冯依然是被前桌李昂搬挪桌子的声响吵醒的，扫视了一周，同学们也来了几乎一半多，下午漫长的课程又要开始了。

世界忽然很安静。

门外路过的脚步声。

窗外风掠过树叶的摩挲声。

似乎，还能听到墙上钟表的走针声。

一派真实的感觉。

嗯？

冯依然腾地直起腰来，她摘掉耳朵里的耳机，顺着耳机线往下看，连在线上的手机不见了！

昏沉沉的脑袋瞬间更加沉重了，像是被敲击过一样，全世界嗡嗡地旋转，剧烈跳动的心脏，在这个秋日的午后惴惴不安。

"音乐是我唯一的安全感，这部手机我不能丢。"冯依然满脑子都是这样的想法。

她晃醒还在睡着的王小桃，发动陈杏子，一起帮忙找，可是翻遍了课桌，看遍了地面，也一无所获。况且她清晰地记得，自己午睡前还放着手机的音乐，不可能是忘在了哪里。

一定是被偷了。

可恶。

"中午我醒来的时候看你还在听歌，怕你着凉，我就把衣服给你披上了，我记得你的手机就在你手里。"王小桃回忆着。

陈杏子坐在桌子上，皱着眉头帮忙分析："教室的后门开着，会不会是别的班的谁路过，发现你手机好偷，顺势给摸走了？这样就不好找回来了。"

这种八卦局，绝对少不了王四眼，他执意声称班里肯定是有内鬼，午休的时候班里少说也有十多个人，总有没睡的，外班的谁也不敢进来半步，更何况偷东西。

王四眼拉着冯依然，问遍了午休时在班里的每一个同学，都没有人看到什么动静。因为冯依然坐在倒数第二排，又在靠窗的位置，实在难有人注意到。

大家都知道，冯依然家里的条件一般，在2010年那个时候，丢了一部手机，短时间内是没有钱再买一部新的了。不仅如此，为了避免冯母的数落和念叨，冯依然还需要假装没有丢掉这一部手机。

整个下午，冯依然都心不在焉的，没有人知道哭红了双眼的她，失去了这部每天陪着她度过艰难时光的手机，有多么难受。

"破财免灾，别往心里去了，忘记不开心就好了。"王小桃递过来一张纸条，上面还画了一个抱抱的表情。

冯依然冲着她挤出来一个笑容，没再多说什么，她还是忧愁着自己的忧愁，念想着自己的念想。都说生活是一场漫长的渡劫之旅，在每一次困难来临的时候，都不要轻易让自己趴下，可是想象着拥有勇气很简单，真正勇敢地直面，就又是另一回事了。

半天的时间，王四眼都在寻找真相，但是并没有什么发现。晚自习的时候，王小桃说在这一层的女厕所里发现了一张被折断的电话卡，拿来给冯依然看。

冯依然认出了自己被掰碎的电话卡，在王小桃的怀抱里又难过了一阵。

"太坏了，卡都给掰碎了，不过快高考了，就当是提醒你努力复习好了。"

王小桃低声说。

Chapter 07 🐙

手机在丢失的那个晚上，就奇怪地失而复得了。

晚上十点半，冯依然正躺在床上伤心，就听见隔着窗子飘进来的大喊声。她飞速跑到窗边，朝楼下望了望，一个高高的身影立在那儿。

冯依然披了件外套就跑了下去，没顾得上冯母在背后唠叨的追问。

"怕你没有它睡不着。"这是冷战的几个月以来，林敬东和冯依然说的第一句话，顺势，他伸出了手臂，一个再熟悉不过的手机平平安安地躺在他的掌心。

冯依然挑了挑眉，有些真诚感谢却又故意装出还是有些生气的表情："怎么在你那儿？"

她没注意到那个晚上的月亮被乌云盖了过去，没有发出一点光亮。

第二天到学校，冯依然就发现了不对劲，同桌的那一边桌子空空如也，仿佛从没有人坐过一样。她正疑惑着，就看见王四眼身边围满了那几个八卦新闻一贯的收听者。

慢慢靠近，云里雾里的冯依然才听清楚他们在讨论的事情。

"事件的女主人公出现了！"陈杏子小声说。

王四眼一个眼神，立刻止住了陈杏子接下来的话。

冯依然平静地问："你知道些什么？"

王四眼把头扭到了一边，嘴巴紧闭，支支吾吾，仿佛在说"打死我也不说"。

"林敬东为什么拿我手机？"冯依然继续问。

王四眼听到这里，火冒三丈，一下子把事实都交代了出来："嘿！你还冤枉上东哥了，没他你的手机能找回来吗？分不清楚青红皂白，你就继续和你的闺中好友王小桃好去吧，下次再丢了手机别找东哥！"

说完这些，王四眼才意识到自己说多了，明明林敬东不让他提一个字的。

"王小桃？"冯依然瞪大了眼睛。

早上的第一节课就是班主任的课，气氛格外凝重，王四眼没敢抬起头看老师一眼。班主任在板书上写下的英文字迹，都和以往不太一样，偶尔因为着急而拼写错的字母，被她擦来擦去，没多久就失去了耐心，干脆发了一套试卷让大家做临时的测验。

传卷子的时候，她把林敬东叫了出去，跟着的还有王四眼。

冯依然拿到试卷，心里无比慌张，她不知道究竟发生了什么，为什么林敬东会拿到手机，而为什么王四眼又说是王小桃偷的。由于担心林敬东，她基本上没做几道题。

越是外表冷漠一副不需要关心模样的人，内心深处就越需要关怀，林敬东表面上一言不发，实际上不知道忍了多少委屈和有苦难言。

第二节课的时候，冯依然也被班主任叫去了办公室，他们三个并排站着，班主任焦急地批评着。

"同学一场，有什么样的误会不可以说清？有老师在，不找老师，自作聪明搞这些江湖把戏，就是太过自以为是！现在王小桃闹自杀，她家长要告学校，说孩子背上了一辈子的心理阴影，这个责任你们谁负得了？"班主任生气地抬了抬由于情绪激动而滑下来的眼镜框。

王四眼又憋不住了，反抗着说："老师，偷东西本来就不对，并不能因为她会闹自杀就可以偷别人东西了啊——"

还没说完，就被班主任一个"闭嘴"喊住了。

她继续大声呵斥："还嘴硬！到学校带手机本来就是违反规定的，被发现了结局也一样是没收！再说了，你们怎么就能确定是王小桃偷的，同学三年，都不能有一点信任吗？"

"都从她包里翻出来了，还能不是她偷的……"王四眼小声嘟囔，虽然平时他是一个没什么出息的男孩，但是碰到跟正义相关的事情，他绝对是个不打折扣的英雄。

"你怎么就一口咬定是她偷的？万一是有人往她书包里放的呢！万一是哪个同学捡到了，以为是王小桃的，然后不小心放错到了王小桃的书包里了呢！"

"老师，您捡到了一样东西，不问是谁的，就拉开别人书包往里放？"王四眼绝不会允许班主任侮辱自己坚持的正义。

无话可说的班主任，只能以又一个"闭嘴"来挡住王四眼，然后转向批评林敬东。

"你作为学生会主席，大晚上放学不回家，拦住女同学回家的路，指使另一位同学去翻女同学的书包，这种行为正当吗！"班主任就是想加个罪名给这件事。

还没等林敬东开口，王四眼就替他打抱不平："老师，首先林敬东没有指使我；其次，我们根本没翻包，是顺着她的包底一捏，完完全全就是一个手机形状，于是逼着她把偷了的东西交了出来！"

班主任没有再理王四眼，她深呼吸了一口气，拉着冯依然的手，语重心长地和她说："马上就要高考了，成绩不重要，至少求个平安顺利地度过，你们谁也不想惹麻烦对不对？老师知道你马虎，带了手机到学校怕被老师发现，可能慌忙之中就放到同学书包里了对不对？没事的，压力大，听听歌，老师是睁一只眼闭一只眼能理解的。"

听到这些的冯依然傻了眼，她的所有酸涩委屈，都从心底里溢了出来。

"所以，下次不要往学校里带手机了，也不要再在慌忙之中放到同桌书包里了，带手机违纪的事情，老师既往不咎……"班主任极力化解着这一场矛盾，她可不想在高考前发生任何事故，只想平平稳稳地了结这件事。

后来这件事，在全班范围内传开了，闹自杀的王小桃转了班，对学校声称是得了抑郁症，因此学校赔付了她们家一笔不小的费用。而作为牺牲品，林敬东被取消了当年三好学生和优秀学生干部的荣誉，这意味着他失去了高考的20分额外加分。

这件明摆着的偷窃案，以学校认定是"一场闹剧般的误会"匆匆收了尾。

有些同学认为即便是偷了，也不该当面抓包让对方交出来，触碰别人的包哪怕只是外缘都是一种侵犯。还有大部分同学认为，如果不在那个晚上抓住她，别人的财物就永久失去了，况且说不定后面还会丢什么，这样说来，这对同学们是一种及时止损，对小偷王小桃来说，也是一种悬崖勒马。

其实青春里很多事情都是说不清楚的，它们各自占据着各自的道理，而我们，都只能是稀里糊涂地慢慢长大。

Chapter 08 🍸

有很长一段时间，冯依然都没敢正眼看林敬东，尤其是每天他都会一如往常给她出着练习题，这就让她更加自责了。

很多个静谧无风的下午，她都会一边托着腮，一边思索着，怎么生活一步一步就乱成了这样。

"我既无意中伤害了王小桃，又亲手夺走了我倾慕的男孩的20分加分，我毁了的，可能是他们的一生。"冯依然常常这样默默想。

高考如期而至，冯依然祈祷着林敬东一定要超常发挥，并且向老天爷祈求，愿意用自己的几十分去换。

两天的时间一晃而过，高考结束的那个晚上，同学们肆意地庆祝着高考的结束。可谁也不会意识到，离开了厌恶无比的高中，才会怀念曾经懵懂的时光，自以为摆脱的是痛苦，实际上失去的是快乐，这就是傻傻的我们。

是啊，一场高考过后，一切物是人非。赢了的狂欢，输了的丧气，还没来得及和青春告个别，就已经失去了最好的青春。能想象到，一个漫长的、炎热的、无聊的、与以往都不同的彻底放空的夏天过后，我们都会成为不折不扣的大人了，这是多么的可怕。

　　班主任老师发下来高考的正确答案，同学们一道一道对着，林敬东以选择题一道没错的出色发挥，冲刺着北大的录取分数线；而王四眼，比平时竟然多估出来了30分，这可把他开心坏了；陈杏子发挥正常，更准确地说，她并没有很关心答案的对错，而是一边钻研着昨晚刚做的美甲，一边想着今晚的电影约会；王紫薇和爱游泳的林峰考到了上海，然而他们没有在一起，林峰即将离开自己憎恶的单身父亲，开心得不得了。

　　冯依然就没有那么幸运了，单是文科综合的选择题，她就错了6个，她当然知道自己绝不可能和任何一流大学挂钩，但单单抱着的一丝侥幸的希望，一丝和林敬东可以近一点、再近一点的希望，也都近乎破灭了。

　　其实也不能完完全全都怪她，毕竟在这个世界上，永远只有少数人是幸运的，因此大多数人的成绩，都没想象中理想。然而年轻的傻傻的她，才不会意识到这点，对自己那么多太高太高的期待，根本不允许有任何的差错，于是当现实狠狠地砸在脸上时，一下子有些承受不住。

　　仿佛成绩不好，人生就因此昏暗无光；

　　发挥失常，命运就太不公平；

　　没有走运，生活的世界就惨不忍睹。

　　小小的幼稚的我们，根本就不知道，人生本就是一场充满磨难的奇幻旅程，我们活着的目的和意义，其实是度过一次又一次的劫难，而绝不是在某一站就取得彻底的成功。

而且更大的真相是，根本就不存在在某一站就有彻底的成功。

人是要这样的，一步一步走路，一口一口吃饭，一关一关挺过，一夜一夜长大。

那些暂时将你打败的，其实并没有造成多少伤害，只是你以为自己承受不住，于是索性躺下再也不起来。只要你稍微清醒勇敢一点，不倒下，你就会看到前面的路。

前面的路，也一定会有光亮。

所以，从某种意义上来说，高考什么也不算，大学也是，它们在漫长的人生里，只是一个小小的刻度，只是大多数如同冯依然一样的存在，都不能理解。

抱着答案册回家的路上，她一直都在想，人生可真糟糕。

正叹着一口气的时候，她看到一个黑色的影子挡在身前，顺着打下来的月光看，林敬东的脸俊朗又清瘦。

"和我在一起吧。"

月光砸碎了寂静，他轻轻地说。

Chapter 09 🦀

在读中学的那会儿，有个瘦弱的小男孩曾被一群人逼到墙角欺负，一个女孩出现在他面前，教训走了那几个坏坏的孩子。那几个坏孩子跑掉的时候，瘦弱的小男孩才感受到一缕光打在了脸上，他望着这个解救自己的女孩，心里想着，她是这个世界上最美的人。

后来他慢慢长高，再也没有人敢欺负他，他也终于遇到了当年那个保护自己的女孩。

所以陪她读书，陪她减脂，陪她慢慢找回自信。

"所以在图书馆的角落给你复习，不是因为怕别人对我说三道四，而是怕他们对你有任何敌意……

"所以我知道傻傻的自卑的你有多需要一场作文比赛晋级的证明，于是我用一周的时间写了一篇文章，却署了你的名字，偷偷地投递给了组委会。当我看到后来杂志上刊登着你的名字和我的文章时，我以为为你制造了开心，才自以为是地要求你去参加复赛……

"所以我一点点在王四眼那里收集信息，才能看出王小桃露出的那么多破绽。我坚决地要把手机为你夺回来，就算面对全世界再多的指责和诋毁，我也要保护你小小的世界……"

说完这些，错愕不堪的冯依然已经泣不成声。

林敬东走上前来，从口袋里拿出一包飘着茉莉花香的纸巾，轻轻地抹着她的眼泪。

"笨蛋，哭是不管用的，这是你在初中那年就教会我的。"

他伸出自己的手，就把冯依然环进了怀里，他拍打着她，像睡前的歌谣一样轻柔。

"好啦，现在的我已经长高长大了，我会好好保护你的。"他说。

冯依然哭得更厉害了，模模糊糊中，她抱怨着自己一点也不美好。

"你多好啊，肉肉的，让我抱着这样舒服。至于你说自己没那么优秀嘛，我也要谢谢你，这鞭策着我，为了我们的未来去努力。"林敬东笑着回应。

"你并不需要畏惧什么，实际上也不需要有多勇敢，你要做的，只是直接面对就好了。别害怕，去迎接，早晚会过去。

"我呢，愿意做你的陪伴者。答应我，不哭，不闹，也不怕。

"我们都是大人了。"

林敬东轻轻抚慰着不再哭了的冯依然。
她的情绪很平静，却像极了璀璨的未来。

"TA想对你说   冯依然"

　　我曾无数次讨厌自己，讨厌生活，讨厌不公。看着让人烦恼的身材，看着高不上去的分数，看着一点也不优秀的自己，真实地充满了丧丧的无力感。

　　然而后来我才明白，每一个缺憾的背后，都隐藏着一种可能，正像林敬东反而喜欢我的身材，不高的分数让我知耻后勇，不优秀于是激励自己不断前进。

　　真没什么大不了的，每一秒都是上一段生活的截止，也同样地，是下一段生活的开启。

F D　　I'M NOT AFRAID.

02
我与父亲

我们都知道，这一刻的分别，
几乎是永远的分别，
因为我将彻底成长为一名大人，
而再不会是一切都听他话的小孩。
我直矗矗地站在他的面前，
父子的关系渐渐坍塌，形成全新的局面。

Chapter 01

我无比憎恨我的父亲。

他是我见过的，这个世界上最糟糕的人。

Chapter 02

如果说母亲的去世对我来说是巨大的打击，那么把我留给父亲独自带大，则是对我致命的摧毁。

我难以忍受和他相处的每一天，更准确来说，是每一分钟，每一秒钟。

我常在无数个安静的夜晚，跪在房间的地板上，透过小小的破旧的窗子，看窗外面深邃的夜空。我觉得月光一定就是母亲温柔的眼神，她能懂得我的痛苦，我的煎熬，我的折磨。

我对着星辰许愿，如果父亲可以早点死去就好了。

我承认自己的恶毒，但这是他应得的。

对父亲的憎恶，是从我读小学五年级开始的。

那一年发生了很多事，母亲因车祸离世，爷爷病逝，伯伯不满对爷爷遗产的分配，把父亲告上了法庭。

父亲是他唯一的兄弟。

母亲因车祸离世在夏天，一个无比燥热的清晨。

那天早上，她开车送我去学游泳，下车的时候，母亲还亲吻了我的脸颊，为此我显得有些不耐烦，因为游泳馆前站满了我的同学，我可不想被他们当作一个没长大的小孩。

和她匆忙地说了再见，我就奔向馆里了。上午的馆里只有我们这些学员，教练凶狠的吼声，还有我们的大笑声，都在空阔的馆里形成清晰的回声。

游到第二圈的时候，教练突然把我从水里拽出来，面色凝重地和我说：你的母亲出车祸离世了。

学员们彼此嬉笑打闹的声音，扑通被推进水里后的尖叫声，此刻都像淹没在了水中，发出失真的、潮湿的、闷闷的低音。我的世界迷幻得不真实，即便我知道这一切一定都是真的。

赶到医院的时候，母亲早已经没了呼吸，她的神情平静极了，像一朵静静绽放的百合花。我像被炮弹轰炸了一般，傻愣愣地站在那里。这是我第一次看到死亡，它就在离我很近很近的地方。

我发誓，我从没想过有天母亲会离开我，尽管有一天，她一定会的。

是的，迟早有一天，我们都要向自己的母亲说再见。

我哭得撕心裂肺，跪在地上乞求她苏醒过来，我不要母亲安静地躺在那里，我大喊着要她站起来，像往常一样，哪怕是打我骂我都好。

我已经哭得没有一丝力气了，在父亲的环抱里拼命地向母亲靠近，我不要母亲死去，我要把胆小的她从鬼门关里拽回来。

肆意的情绪像来势汹汹的洪水，穿过我的身体，它把我从中心抽空。哭到再没有眼泪的时候，我终于傻傻地一屁股坐在了地上。

那一瞬间，我知道，母亲她永远地走了。

不会回来。

我怨恨自己对她不耐烦，怨恨自己偏要她在那个早晨送我，怨恨自己固执地要在那一天提出加练，一切罪恶的源头都在我。我试图努力记起那天早上她最后的样子，可我只记得我甩了车门跑出去，没有看她哪怕一眼。

撞死母亲的是一辆大货车，货车司机连续开了一夜的车，一路从太原开来北京。眼看就要把货运到目的地了，但由于疲劳驾驶太过困乏，一个不留神就撞翻了母亲的车。

货车司机没有钱赔偿，他也哭得失去了力气，我能明白他心里的苦。

他一定不是故意的，正如我一样。

父亲本就是一个很少说话的人，母亲离世后，他便更少言语了。我认为他一定在心里责备着我，因为是我吵吵闹闹，非要母亲在那个早晨送我去游泳馆里加练的。她本不需要在那个早晨，送任性的我去游泳馆。

母亲为了我的爱好，离开了这个热闹的人间。

然而糟糕的生活并没有就此打住，反而愈加猖狂，像暴风雨一样彻底掀翻了我的生活。

爷爷在三个月后病逝，伯伯不满父亲对遗产贪婪的争夺，和父亲反目成仇，甚至还打了官司，把他告上法庭。那段时间家里的关系很紧张，我不说话，父亲也不说话，他总是一根又一根地抽着烟，房间里充满了呛人的烟味。街坊邻居大多听说了我家的遭遇，他们有些会抱以同情，有些则指指点点、说三道四，关于父亲贪婪、无情、不讲道理的闲言碎语，我都在不该听到的年纪全部听到了。

父亲没有关心过我，他的沉默加深了我的郁结，我曾一度以他为耻。

从爷爷的遗产里争来了很大一部分，保险公司又赔偿了一笔数额不小的钱，而父亲却没有拿着这些钱，给我的生活带来任何新起色，甚至他还过分地把原先住着的城东的大房子租了出去，带着我搬到了城西的小房子。道理很容易想明白，大房子租金高一些，他能多赚一些。

起居的条件远不如前，出行交通就更不用提了。父亲没有再买辆车，短时间内他无法面对，毕竟是车夺走了妻子的生命。他把对车子的仇恨，转嫁到我的身上，他以自我逃避的方式，顺带着惩罚我。

他真是个不折不扣的懦夫。

关于这点，我深信不疑。

于是他整日骑着自己的电动车，周转在这座城市里。

而年少又幼稚的我，最讨厌的就是他的自私——他只懂治愈自己的伤口，从不会考虑我的感受。

他一定不知道冬天的时候，我坐在电动车后面冷得瑟瑟发抖，我多羡慕马路中央的汽车里，那些坐在座椅上的孩子；

他一定不知道当校门口的同学们都从家长的汽车里出来，只有我，低着头，默默地跳下他丑陋的电动自行车；

他一定不知道每次下雨天，我被雨水打湿头顶的狼狈，不知道每个曝晒日，我被晒得睁不开眼；

他也一定不知道，我有多厌恶根本就不关爱我的他。

所以那年，我的话也开始变得很少很少，我被很多讨人嫌的坏孩子称作"死妈的男孩"。但和所有人想象的不一样，这些打击反倒让我变得更加坚强，我并没有像父亲一样懦弱地逃避着，相反，我更加笃定地学着游泳。

我发过誓，我要征服它。

也可能是出于对父亲的不屑，从那时候起，我就拼了命地表现出一副男子汉的模样，我决不允许自己软弱。

因此流泪，只会发生在极少数想念母亲的时候。

Chapter 03

失去对父亲的最后一丝希望，是在我读初二那年。

那年我被停掉了在市游泳队的训练，而做这件事的人，是我的亲生父亲。

我气得脖子发胀，面红耳赤地和他争论，我拼尽全力地反抗着，这个试图要掌控我人生的人。他明明知道我有多热爱游泳，也一定知道我的资质优异，在游泳这条路上，我充满了无限的可能。

但这个懦夫，他又一次将对自己的惩罚，转移到我的身上。

父亲是名资深的游泳教练，受他的影响，我从很小的时候就下了水，学习游泳。起初只是爱好，后来慢慢发现，我继承了父亲的基因，更真实的情况，是我超越了他。我被市游泳队选拔出来，身在青少年队的我，却整日在成人队里训练，个子很高的我足以对抗他们中的任何一个。

教练对我寄予厚望，大家都认为我将成为一名出色的游泳运动员，然而这一切都在父亲的自私决定下戛然而止。

一个秋日的下午，父亲一如往常地泡在游泳池里，给七名小孩子上着游泳课。游到岸边的时候，父亲不小心被泳池里一处碎掉一半的瓷砖划破了小腿，血很快就渗了出来。由于担心感染，他赶快从水里出来，准备到游泳馆的医务室做包扎。

他命令七名学生到岸上休息等候，并嘱咐岸上的安全督查员帮忙留意他们。然而督察员坐在高高的座椅上玩手机，全然忽略了这七个孩子趁着父亲不在，偷偷下了水，在池子里打闹。

等父亲包扎好回来后，他发现学生们并没有听话在岸边等他，于是他一声怒吼，孩子们就都吓得把头冒出水面，赶快扑腾向岸边。

等孩子们纷纷上了岸，他数着，一个，三个，五个，六个……

怎么会只有六个？

第七个孩子去了哪里？

父亲在第一时间意识到了不对，于是他快速地在岸边走动，目视着水里的情况，很快就发现了一个漂浮的身影，他不顾小腿上的伤口，一头扎进水里。

这个孩子被捞上了岸，但因为呛了太多的水，已经失去了生命体征。

最终，那个孩子死在了开往医院的救护车上。

这件事情对父亲来说是巨大的打击，他有着不可推卸的责任，体育馆撤掉了父亲的教练职位，玩忽职守的安全督查员以过失致人死亡的罪名，被判了刑。

去世孩子的家长，整天来馆里歇斯底里地哭闹，他们砸着馆里可以砸的一切，扬言要和我父亲同归于尽。

市里的报纸杂志都对此事进行了报道，"游泳教练开小差，害死自己学员"的新闻登上大大小小的版面。一时间父亲成了众人唾骂的对象，几乎所有人都在辱骂着他，怪他不负责任，害死了一个年轻的生命。

在舆论的压力下，游泳馆不得不关闭一个月，馆长被撤职，新上任的馆长向全体市民承诺，做全面的整顿。

那段时间，我的作业本总被莫名其妙地撕碎，我的桌上总有肮脏的垃圾，同学们没有一个愿意和我说话，即便是老师，也不敢和我靠太近。

这些没有让我对父亲有一丝的心疼与可怜，相反，我更加地厌恶他。他不但对我没有任何关爱，还给我招惹这样的麻烦。

我的人生，糟糕透了。

秋季的一天，总是显得十分漫长，不肯结束一般。我像极了一头异样的怪物，走在大街小巷上，不管遇到谁，仿佛都会被恶狠狠地瞪一眼。

坦诚说，我很多次想过要结束生命。

然而每次，都是母亲让我坚持下来——我总能在很多个月光皎洁的夜晚，听到流泻下来的月光说："亲爱的儿子，你要好好的。"

可能是觉得父亲一个人带我太过艰难，游泳馆的新任馆长最终决定，还是偷偷给了父亲一份工作，只不过不再是教练，而是游泳池旁捡拾垃圾的清洁员。

听别人说，父亲总是沿着岸边走，很近很近。他目光涣散地扫视着游泳池，我知道他找寻的根本不是垃圾，而是那个死去的孩子。

也是在那个时候，父亲坚决拒绝我再参加游泳队的训练，他执意把我从游泳的世界里拉出来，不管我有多抗拒。

我哭着向我的教练求情，求他把我从父亲手里拯救出来，然而教练只会充满同情地沉默。他当然尊重我唯一的监护人，也理解我父亲的担忧与顾虑，经历过这样的打击后，对水有恐惧，也实属正常。

只是父亲一定知道，我有多热爱水下的世界。

水下的世界无比美好，只要你把头扎到水里，你的世界就会变得安静。所有的喧嚣，吵闹，争辩，埋怨，都会在顷刻间静音，消失得无影无踪，仿佛与世隔绝一般，你再也感受不到那些刺耳的声音。

水是充满仁爱的，不管你有多想沉沦下去，它都会托住你，让你保持漂浮的状态。很多次我努力想侧侧身，失衡，沉溺水底，最终都失败了。

宽宏仁厚的水，它绝不允许我放弃自己。

所以我挚爱着水里的世界，每当我烦恼的时候，想念母亲的时候，感到脆弱的时候，我都会一下子跳到水里。

"扑通"一声，整个人便都清净了下来。

我发了疯似的在水里训练，努力和水保持和谐，有段时间我甚至觉得我成了它的朋友，我们缄默无言，默契交融，打听着彼此的心事，也给彼此无声的拥抱。只有在水里训练的时候，我才成为真正的自己，我才可以暂时性地忘却所有烦恼。

只有水和月光，可以让我解脱。

但这一切都被父亲无情地碾碎了，他把他对于水的恐惧，加到对我的"保护"上。我太了解他了，他一定是因为无法面对自己的过错，于是把我的梦想也一同打碎，就和他再也不肯碰车一模一样。

他自私，他丑恶，他无情，他无理。

他是这个世界上最坏的父亲。

被停掉一年训练的我，像失去了所有。我的话变得更少了，随之而来的是，我以并不优秀的学习成绩，考进了一所再普通不过的高中。

如果可以有游泳成绩的加分，我或许，不，我肯定可以考进重点高中。

我的亲生父亲，他正毁灭着我的人生。

Chapter 04

高中的生活简单枯燥，和以往没什么不同的是，我很少有亲近的朋友。如果说有什么让我兴奋的事，那一定是我住进了学校宿舍，再也不用和父亲生活在同一个屋檐之下了。

其实我可以选择走读的，只不过我绝不会选择走读。

从很小的时候开始，我就热切盼望着成长为一名大人，我要挣脱父亲的管束，我要逃离有他在的城市，我要彻彻底底地叛逆，做他不让做的事情。反正我的人生他也不会在乎，于是当我放弃对父亲的顺从和尊重时，反倒有一种畅快的报复感，那种感觉，我竟然有些上瘾。

每次在学校体育馆里上体育课，我都会偷偷地钻到泳池里，游上半小时，那是我最惬意而享受的时光。由于在最黄金的时间里断了训练，我游得远没有先前那么快，但不知为什么，水仿佛总是和我说："你要好好的。"

后来，我在放学的时候也偷偷跑去游泳馆，馆里的看管员一定是看我可怜，于是他假装看不到我，放任我到泳池里找寻自我。

考试前压力最大的那会儿，我也会一个人跑去游泳馆，从游泳馆后侧最低的窗户翻进去，偷偷摸摸地脱掉衣服，也绝不去用更衣室，直接在空无一人的黑漆漆的泳池里，放肆畅快地游。只有在这时候，我才敢大声叫嚷和欢呼，跳入水里和从水里跃出的瞬间，水花四溅，我和水做着游戏，彼此拥有最简单的快乐。

不过坦白讲，学校游泳馆里的水可没有市体育馆的水好喝，里面仿佛放了加浓的消毒水，不小心喝上一口，基本上就没有再游下去的兴致了。

高三那年，我做了很多的错事，比如没有经过许可，就偷偷潜入游泳馆游泳，然而我做的错事没有一件被发现或者被惩罚的，而我那个倒霉的父亲却有。

得知父亲在教导处的事情，是同班同学王紫薇告诉我的，她是教导主任的女儿。我本不想去凑热闹，巴不得不认他这个父亲，可我还是偷偷跑去了教导处。

我看见主任就坐在父亲对面，面露严肃的神情，和他交谈着。隔着一扇窗，我能听到里面的争吵，他们好像在争论父亲的行为是否破坏了学校的规章制度。

以我的猜测来看，他一定又是想对我做什么过分的事情，而心善的教导主任正在极力反对着。接受过高等教育的人都知道，人身自由是不能被干涉的，何况再有几个月，我就彻底成年了，我即将拥有一生绝对的自由。

正准备回身走，就和王紫薇打了个照面，她看我的表情有些难为情。

"你父亲真的快被游泳馆拉入黑名单了。"她皱了皱眉。

果然是这样，他一定又偷偷跑到学校游泳馆来监视我，看看我是否又偷偷钻进了游泳池。

无聊，蛮横，低级。

并没有向王紫薇多打听些什么，我便转身走了，有这样一个父亲，实在够我羞耻的。

平日里我和父亲很少联络，除了每个月回一次家，问他要下个月的生活费，并换洗一下衣服。我从不欠他什么，他给我的每笔生活费我都记得清清楚楚，等我长大了，我会一并还给他。

高三的课业很紧张，我回家的次数就更少了，有时候快两个月才回去一次。

有次回家，父亲没在，我快速地收拾好了自己要拿的东西，准备等他来，拿上生活费就回学校去。等待间隙，我打开家里的冰箱，里面空荡荡的，除了几根菜叶以外，就是鸡蛋了。别提牛奶之类的，就连水果也没有，打开厨房的储物柜，里面装的就是几大包挂面。

奇怪，我的眼睛竟然有些酸涩，不过这肯定不是因为可怜他。

正想着的时候，门开了，父亲走了进来，旁边还有一位阿姨，手里拎着菜市场的塑料袋。

对于我突然出现在家，他是有些错愕的。

对于他身旁有个女人出现，我也是错愕的。

一定是他的新欢，他一定早就忘了我亲爱的母亲。并且，我刚刚对空荡荡的冰箱和储物柜的可怜，都是白费的。明明女人手里拎着大袋小袋的食材，说不定他们平日里吃得好得很，今天正准备烛光晚餐呢。

"孩子，刚好，留下来吃饭吧。"女人说。

留下来吃饭。

留下来吃饭？

这是我的家，虽然我一点也不喜欢，但她怎么有资格以主人的口吻对我这样讲话？

我凶狠狠地瞪了她一眼。

"钱。"我从来都很吝啬我对父亲说的话。

他赶快小跑着进了屋，从他破破烂烂的衣柜里，一层一层挖掘，把藏得深深的一沓钱拿出来，手指沾了沾口水，一张一张地数给我。

拿好钱后我就离开了，任凭他们在身后喊我，我一个字都没留下。

走出家门的时候，竟然有一种释然的轻松感，我才不会把时间花在一个人渣身上，当然包括那个如此丑陋的女人，她远不及我的母亲。

我抬了抬头，天色阴沉沉的，云雾在头顶盘旋，像极了不开心的母亲。

她是在怪罪我吗，还是在怨恨父亲？我一时间有些错乱。

因为我清晰地记得，父亲满脸胡茬，比上一次见他时更加瘦削，他的精神状态看起来一点也不好。不知道为什么，那种酸涩的感觉又涌上了心头。

我快速晃了晃头，一定是被气昏了头，我怎么可能心疼他？

这样想着，我加快了回学校的脚步。

那天晚上他来学校找我，给我端了满满几饭盒的菜，还有一壶煲好的鱼汤。

我在学校门口的保卫室接过来，转身就倒在了最近的垃圾桶里。

我怎么可能吃那个女人做的饭菜。

Chapter 05 🪐

2010年的时候，还没有发达的社交软件，我和父亲的唯一联络方式，就是他偶尔会来学校看我，但也只是偶尔而已。我是绝不会用宿舍的电话打给他的，我巴不得他永远静音。

只是偶尔做题时，看到和"父亲"有关的字眼，我的心还是会隐隐地抽痛。

仿佛人越长大，就越是变得心慈手软，面对很多个曾经无所畏惧和毫不在意的瞬间，都会无可避免地败下阵来，然后暗自神伤。

"又走神了？"王紫薇用中性笔从身后重重地捅了一下我的背，疼得我一个激灵。

她一定是喜欢我，所以这几个月来，总是盯着我学习。我和她说过无数次，我对人生没有一点期待，除了游泳以外，没有什么事情可以激起我的热情来，包括学习。

她一副不满我这个混世大魔王的模样，教育着我，给我布置作业，还要亲手改正我的很多错题。

上课困到打盹的时候，她总是从背后用笔重重地捅我，然后告诫我，距离高考还有四个月，要打起精神来。

我怎么可能有精神，从小就生活在痛苦的世界里，我没有见过真正的光亮。在我的世界里，一切都是错的，我的存在也是错的。

痛苦不仅是因为父亲，还因为母亲。因为在很多个我想放弃自己的时候，母亲总是会出现，然后用严厉的眼神盯着我，要我坚持下去。

有次做梦，我梦见她回来了，她穿着我夸她最好看的一件围裙，用铲勺轻轻地敲我的头，威胁我不努力学习就不给我做好吃的饭菜。她还跪下来求我，要我和父亲和好，要我对他多一些理解和爱，看着我执拗的傲气样子，她着急得直跳脚。

她一边祈求我，一边和我说，她在那个天边的世界里，没有一天是安心的。

我腾地坐起来，巨大的空虚感缠绕着我，滚烫的泪花不可抑制地向外汹涌。

我知道母亲的心思。

枯燥的高三生活里，唯二可以点燃我小宇宙的，除了游泳，另一个，则是王紫薇。

我从小就没被别人喜欢过，我也没喜欢过别人，我认为自己就是一块潮湿的抹布，只会留下湿漉漉的痕迹。但我有感觉，王紫薇一定对我有好感，不然她怎么会那么关心我，还像负有责任一样地管束着我的人生？

但是不得不承认，她王紫薇的出现，确实让我激起了一丝对生活的热情。每天被她在背后捅一下，没有一点的烦躁，反而有得意扬扬的幸福感。

被人在乎的感觉原来是这样，这种感觉真好。

高考前的一个月，我又一次回了家，我没再见到那个女人。

但我确信，那个女人一定存在，因为后来几乎每个周末，我都能在保卫室收到父亲送来的煲好的汤，而父亲不可能会煲汤。

父亲看上去比我上一次见他更憔悴了，他的身体没什么力气，脸色也不太好。我能感觉到他数钱的速度变慢了，也不再会小跑着去翻箱倒柜，而是平平静静地做着每一样我要求的事。

不知为何，我总觉得此刻的他，像极了那天躺在医院里一动不动的平静的母亲。

父亲给了我生活费，我收拾好最后几件衣服，准备转身走了。

他在身后喊住了我。

父亲发白的嘴唇微微开合，胡须已经掩盖住了上半边的嘴唇，他发出很轻很轻的声音，叫我好好复习。

我没有点头，也没有回应他什么，就直直地站在那里。

该死的软弱。

终究，我还是没有说出那句"你也照顾好自己"。

高考如期而至，缘分很巧妙地把我和王紫薇分在了同一个考场。

在她的陪伴下，我发挥得还不错，应该能去上海读书了。

考完的那天，同学们都肆意地庆祝着，他们有的把书本从楼上向下抛撒着，有的在黑板上大胆地写下疯狂的话，有的和一直暗恋的女孩在教室里接吻，有的把校服脱下来又撕又扯。

坐在我斜前面的班长林敬东，带头呼喊"去他的青春""去他的高考""去他的胆小的束缚"，他的眼神里写满了对未来的憧憬。我开着玩笑和林敬东说，这次他可算是爷们了一把，因为整个高中，他一直都在用茉莉花香的面巾纸，呛得我鼻头一直发痒。

我猜测他钟爱茉莉花香，也一定有他的故事，不过这些都不重要了，重要的是我们每个人都在尽情地释放着高三积攒下来的压抑，仿佛用尽最大的力气，来挥手告别这段匆忙的青春。

我们都将奔向更远的未来了，终于，要别了这座孤独的青春城堡。

我一个人悄悄跑去游泳馆，从后侧窗户跳进去，站在泳池旁，仿佛看到小时候第一次站在泳池旁的自己。

那时候我无比恐惧水，我怨恨父母把我送来这个恐怖的地方，闻着游泳馆里的消毒水味道，听着密闭场馆里的回声，我吓得哭了出来。后来水成了我最亲密的朋友，它懂我一切的欢愉与悲哀，它无声无语，安静做伴。

我慢慢明白，人终究是要长大的，那些试图恐吓住我们的困难，都将被时间的勇气磨碎，而那些我们曾无比厌恶的事情，也会慢慢变得令我们依依不舍，直至最终成为一生的挚爱。

站在泳池旁，我红了眼睛。

向前稍稍倾了一下重心，整个人就跌入了泳池里。

我放掉一切技巧，放下一切挣扎，放任自己缓缓沉下。

到池底，我睁开眼睛，看嘴里的气泡一颗又一颗向上冒去。

我感受到憋气的难熬，感受到失去的氧气，感受到靠近的死亡。

我就快没了呼吸，很快水就会从我的腔体进入我的身子，充满我，勒住我，然后夺走我的生命。

"咚"的一声，我还是用力挣扎出水面，然后大口大口地呼着气。

我快速游到泳池边缘，双手扒着池子，确定自己拥有还活着的安全感后，才彻底放下心来。我红着眼睛想，原来还活着的感觉是这样好。

当初我以为水是充满仁爱的，不管我有多想沉沦下去，它都会托住我，让我保持漂浮的状态；不管多少次我努力想侧身，失衡，沉溺水底，都是水将我拯救出来。所以宽宏仁厚的水，它不允许我放弃自己。

可现在的我才明白，其实是我自己，不允许放弃自己。

在那些难熬的日子里，是坚强的我，让自己一步步挺过来。

是这样的。

谁没有熬不下去的时刻，谁没有难以下咽的委屈，谁没有驱赶不散的孤独，谁没有凌乱不堪的生活？我们都一样，一样地一边彷徨，一边成长。而那些无法将我们杀死的，终将成为我们的盔甲，让我们变得更加强大。

Chapter 06

高考的成绩出来后，我被上海师范大学录取了，虽然专业并不是很理想，但总算是考到了上海。我兴奋地收拾好大包小包的行李，准备如愿以偿地离开北方这座城市，离开我厌恶已久的父亲。

只是不知道为什么，心里总是很沉很重。

临别的那天，父亲老了许多。

我们都知道，这一刻的分别，几乎是永远的分别，因为我将彻底成长为一名大人，而再不会是一切都听他话的小孩。我直矗矗地站在他的面前，父子的关系渐渐坍塌，形成全新的局面，我们甚至都不是两个面对面的绝对平等的男人，而是，我像以前高高大大的他，而他像小时候的我。

只是当我突然强大了起来，我才陡然发现，眼前这个衰老又柔弱的父亲，似乎也没有我想象中那么坏。

他动作缓慢地从自己破破烂烂的衣柜里，一层层地挖，直到从最里面，颤着手拿出一沓子厚厚的钱，小心翼翼地裹上一层又一层的牛皮纸，然后慢慢拉开我书包的拉链，把钱塞在了我书包最里面的口袋里。

父亲嘱咐我说，到了上海，照顾好自己。

他再也不是那个对我严苛到残忍的父亲，也不是那个对我冷言冷语的男人，他像是突然融化了的冰，突然垂下来的枝丫，突然飘零的花骨朵，温柔又让人怜悯。

我并没有拥抱他，也还是没有说出那句“照顾好自己”。

唯一的，我留给他的话就是：“别再瘦了。”

从北京到上海的火车要五个小时，我坐在靠窗的位置上，怀里紧紧抱着塞了父亲钱的书包。我把头轻轻靠在窗子上，听着铁轨被碾压时"咯噔咯噔"的响声，看一路变幻的风景。

我经过稻田，它们成片成片地灿烂着，在阳光的照射之下，丰盈又可爱。

我经过村庄，它们古朴又破败，晾晒的衣服就挂在室外，平房无奈地矗立，里面坐着发呆的老人。

我闭上了眼睛。

终于要和过去的一切说再见了，这多值得庆贺。

只是突然有些难过，我不知道是怎么回事。

大学里的生活鲜活极了，一切都崭新了起来。我拥有了新的同学，他们来自天南海北，没有人知道我家的那些故事，在他们眼里，我是一个笑容灿烂又高大帅气的阳光男孩。

除此之外，让我兴奋的是，我终于可以光明正大地出入游泳馆了，而再不需要鬼鬼祟祟，偷偷摸摸。

我像是获得了新生一样，加入游泳队，学习辩论，在学生会做跑腿搬砖的工作。紧张忙碌又充满希望的日子里，我似乎全然忘记了自己的过去，除了王紫薇。

坦然讲，我一直挂念着她，且笃定地相信着，她一定会来找我。我敢保证，同在一个城市的她，心里一定是喜欢我的，只不过从小被她那个当惯了教导主任的爸爸管教着，她不敢开口向我告白。

我登陆了自己几年都没用过的QQ号，试图联络她，可却在我空间的访客里，发现了父亲频频出现的身影。

　　联系到王紫薇后，我们约在了陆家嘴的一家咖啡馆里见面，由于那天是周末，客人尤其多。

　　为了这一次的见面，我特地去学校门口的理发店吹了头发，纠结很久，我选了一件自己新买的黑色夹克，配了黑色的牛仔裤，又向室友借了一双特别好看的白色球鞋。

　　这是我在宿舍洗手间镜子前试了很久的决定。

　　见到她的一瞬间，我还是有些吃惊的，她和那个爱从背后捅我的马尾辫女孩一点也不一样，现在的她烫了鬈鬈的头发，俨然一副大人模样。我确认是更加好看了。我也确认，如果现在的她向我主动表达哪怕一句充满爱意的话，我一定会抱住她，然后开始我人生中的第一段恋爱。

　　她当然没有主动向我表达哪怕一句充满爱意的话，事实上，她一点也不喜欢我。如果更残酷一点说，她甚至有些看不起我。

　　在她的眼里，我就是一个不懂事而又奇怪的家伙，我和她争论了很久，直到后面不欢而散。在我短暂的青春期里，唯一萌生过的感情，就这样湮灭了。

　　一周后，我接到了伯伯打来的电话，他说，父亲病危了。

Chapter 07 ✦☽

这次回去，我没有乘坐五小时的火车，而是搭了飞机。

父亲病重在市医院，也就是母亲去世的那个医院。

一进重症楼，就能闻到浓郁的消毒水味道，每次闻到这个味道，我都会莫名紧张，因此我讨厌医院。

背着包，顺着楼梯向上走，一层又一层。

我没有坐电梯，因为直到现在，我都还没想明白，见到父亲的第一句话，要怎样开口。

到达四楼的时候，有匆忙跑着的护士跟我说借过，我的心又开始抽痛。或许，她是在为我即将病逝的父亲奔跑。

继续向重症监护室走，我能透过窗户看到别的房间里的病人，他们躺在那里一动不动。无论是解释、争辩，还是忏悔、致歉，他们都无法表达。

我忽然觉得，有些事情，在生死面前，似乎都不需要那么苛刻。

在病房外，我先见到的是伯伯，他和我说，坚强点。

换上消毒杀菌过的探望服，我走进了重症监护室，安静的房间里，只有他更安静地躺在那里。慢慢向他走近的过程中，我仍没想好要说的第一句话。

站在他的身边，看着他皮包骨的模样，忽然间眼睛就酸了。

可他这样和我有什么关系？这都是他应得的。我努力劝服自己。

他闭着眼睛，如果不是心电图还在跳动，我是看不出他仍活着的。仔细想一想，父亲这一辈子，也没享过福，从母亲离世那天起，我很少看到过他笑。

医生和我说，父亲患的是肝癌。

好端端的，怎么会得肝癌呢？虽然每次见他，他都更消瘦一些。

我站在他面前，仔细端详着，这一生的憎恨和不舍，交织着混杂在一起。

到探望的时间结束，父亲都没睁开过眼，他大概也不想见到我吧。我换下衣服，按医生的嘱咐到外面的家属等候区休息，把头埋在双手里，闭着眼，任凭心脏不受控地剧烈跳动着。

突然有人拍了拍我，我抬起头，是一个鬈发的女孩。

紫薇和我说："林峰，你的父亲是一位伟大的父亲。"

那年他小腿被划破，本已经消过毒又包扎好，回来却发现一个孩子溺水了，于是他奋不顾身地跳了进去。后来那个孩子没抢救过来，而父亲也很不幸，感染上了泳池里的乙肝病毒。

成为乙肝病人后，父亲再少言语，他被母亲的突然离世弄怕了，生怕自己再有什么闪失，于是他拼了命地想赚钱，就是怕我长大后无人抚养，一个没妈又没爸的孩子，确实好难活下去。

因此父亲说什么也不同意伯伯多分走一部分爷爷的遗产，他忍着亲情的痛，和伯伯争执，甚至动手，最后闹到法庭之上。

为了省钱，父亲没有再买车，而是骑着自己那个破旧的电动车，忍着寒风带来的剧烈刺痛，把我裹在他的身后。

风就那样吹啊吹啊，全都吹在了他的身上，在他的背后，我厌恶着他，憎恨着他，怪罪着他，而他挡在我的身前，比我忍受着更冷酷的寒风。

除此以外，他还带着我搬到了城西的另一套房子，而把租金更高的城东房子租了出去。在城西这套房子里，父亲把书房改造成自己睡觉的房间，夏天没有空调，冬天没有暖气。

父亲染病后，他的单位更加慌乱了，原先孩子溺水的新闻正传得沸沸扬扬，现在游泳馆消毒杀菌不到位，教练染上乙肝病毒，简直就是致命的丑闻。于是新上任的馆长和父亲协商，只要他不将这件事公之于众，就在馆里给他一个垃圾清洁员的身份，让他可以每个月都领一份薪水，此外，还在私下里赔偿了父亲二十多万块钱。

父亲为了给我多攒这一笔钱，背负骂名，答应了馆里的条件。

他们正利用着父亲对我的爱，一点点杀死他得到正义伸张的可能。

新闻大街小巷地放着，全都是关于我父亲害死了一个少年，人们肆意谩骂着我的父亲，只是他们不知道，活不了多久的他，一样也是受害者。

他低着头，承受着所有人的指责和谩骂，就是为了给我多攒下二十多万块钱。

经历了种种打击的父亲一无所有，只剩下了我，他再无法承受我哪怕有一点点危险的风险，于是他执意要我退出游泳训练，他不会同意我有任何溺水或感染病菌的可能。

可即便如此，我偷偷去学校游泳馆里游泳的事情还是被他发现了，他在我换下来的衣服上闻到了再熟悉不过的味道。天知道他挣扎了多久，又痛苦了多久。他当然想自私地保护我，可他也一定知道，我从小就是一个不那么快乐的孩子，游泳池是我唯一的朋友。

于是每次我偷偷去学校游泳馆里游泳时，他都在。

游泳馆的看管员，根本不是看我可怜于是不拦着我，而是因为父亲每次都用一包烟打点了他，祈求他给我点时间，让我去拥抱快乐。

他对我的爱远不止这些，比如他担心我染病，于是掏钱买了很多进口的消毒液，偷偷带到学校的游泳馆去，"哗啦啦"地洒在水里面。看管员发现了他的诡异行为，于是将他告到学校去，教导主任一边惆怅地劝他，一边感同身受着作为父亲的无助。

所以紫薇和我说，父亲快要"被学校游泳馆列入黑名单了"。

所以我喝到的学校游泳馆里的水，比市游泳馆里的难喝很多，它们那样浓烈，都是因为父亲满满的爱。

关于这些，都是紫薇的父亲，也就是教导主任告诉紫薇的。

再后来，我住校了，再少回到家里去。

偶尔回去的那次，我发现家里一贫如洗，其实只是他在为我攒钱，于是笨手笨脚又想节约的他只会给自己煮鸡蛋挂面，空荡荡的冰箱里最多放一些特价买来的菜叶。

他也足够可怜，他也需要疼爱，比如找一个新的爱人。

可他爱我母亲那么深，绝做不出这样的事情。

那个站在他身边的女人，其实是他的老同事，他求了人家很久，阿姨才答应在我快高考的几个月里，每周来家里为我煲一顿有营养的汤。

我是在父亲病房外见到那位阿姨的，还有她的丈夫，他们眼睛红着，一边轻抚着我的头，一边对我说，父亲他受大苦了。

父亲怕我吃不好，应战高考而营养跟不上，所以不会做饭的他才拉下脸去求别人为我做饭，然而那些富有营养的高汤和饭菜，全都被我想都没想地，转身就倒掉了。

我亲手倒掉了，父亲对我的爱。

他一直溺爱着我，所以到后来根本不再阻拦我去游泳；他也一直关心着我，所以他常到我的QQ空间，看我的动态；他当然更一直深爱着我，所以他即便已经到了肝癌晚期，也不肯告诉我一丝一毫，仍然卖了命地去打工赚钱。

父亲根本顾不上剃胡须，顾不上照顾自己，就是为了给我攒下更多一点的钱。

我忽然想到了，那一沓子他塞在我书包里的钱。

Chapter 08

装钱的信封里，躺着这样一封信——

亲爱的儿子，我要向你道歉，对不起。

作为一个不合格的父亲，我亲手掐断了你的游泳梦想，起初我认为你只是会暂时性地失落，慢慢就会在安全区里，忘记这一切。然而后来我发现我彻彻底底地错了，你是那么热爱游泳，于是我心里的负罪感更加深刻，我骂着自己，怨恨着自己，我对不起你。

没能给你一个快乐的成长环境，是爸爸的错，我能做的太少太少，只能为你多攒一点点钱，让你后面的人生不至于太过困难。

我知道你恨我，那就恨吧，在忘记面前，恨比爱要好得多。

儿子，我能弥补你的，不多了；欠你的，也统统还不清。

我会好好的，健健康康的，你要在上海活得更快乐更潇洒一些。

别惦记我，忘记爸爸，就当是我在还债了。

我的心剧烈地抽痛着，比以往任何一次都要痛。我止不住地流下眼泪，哭得稀里哗啦。我再也没有力气，去发出哪怕一丁点的声音。

这一天的感觉，仿佛如同很多年前，我失去挚爱我的母亲。

紫薇把我抱在怀里，用力拍打着我，和我一起失声痛哭。

其实紫薇一直以来都喜欢着我，只是她答应了我父亲，永远替他保守住这个秘密，可是她根本无法控制自己，如果和我相爱了，她一定会将这些秘密全部告知我。

所以她躲避着我。

所以她故意不联系我。

所以她说并不喜欢我。

她哭着跟我说对不起，陪着我一起感受这个世界上最无力的痛苦。

突然，病房里跳动着的心电图连成了一条直线。

他还是走了，放心地，踏实地，不舍地。

Chapter 09

在父亲的葬礼上，我忽然间明白了，那句我一直不知道如何开口的，对他要说的第一句话，其实就是最简单的——"父亲，我爱您。"

我迟早会纪念您的，我最挚爱的父亲。

愿您在那边的世界里，和母亲相聚，团圆，彼此恩爱，万事安好。

我也会好好的，我知道，你们就是天上的月亮和星光，只要我抬起头，就能看得到。

Chapter 10

我无比敬爱我的父亲。

他是我见过的，这个世界上，最伟大的人。

"TA想对你说   林峰 "

　　母亲和父亲相继离世后，我才发觉自己为他们做的太少太少。嫌弃母亲唠叨，跟父亲比拼冷漠，藏起自己秘密的触角，渴望把他们远远甩在身后。

　　而当失去了，才知道珍惜；痛过了，才知道想念；当一切都再也回不去的时候，才撕心裂肺地悔恨自己。

　　是啊，我们迟早都要和父母说再见，在那一天到来以前，请记得多和他们说一句：我爱你。

F D   I'M NOT AFRAID.

03
如此乐意

有的时候就连秦乐意都搞不懂，
像北京这样的大城市，
究竟好在哪里，
除了夜晚明亮璀璨的万家灯火可以给人
制造一些关于未来的幻想以外，
就只剩下一个人真实的孤独和寂寞。

Chapter 01

"砰"的一声。

秦乐意头顶的四方形吊灯突然灭了，整个房间黑漆漆的，什么也看不见。

大概沉默了五秒钟，秦乐意又继续捧起手里的泡面桶，推了推在鼻梁上逐渐下滑的笨重眼镜框，埋头吃了起来。

她背靠墙头，屈着腿坐在床上，然后把脚面跷起来。

这样的话，扬起的脚面刚好可以放下横屏摆放的手机，双脚就像个支架似的，方便她一边坐着吃泡面，一边低头看视频。手机里播放的自然是狗血连续剧，时间久了，有些发热的手机壳甚至会把她雪白的脚背烫红。

她才不管这些，只要每天晚上穿上加绒的梅花鹿图案的连体睡衣，窝在床上吃零食、看电视剧，就是最能抓得住的真实幸福了，才不管体重已经超过了一百斤。

今天乐意看的是一部日剧，屏幕里面的男主角英俊潇洒，正带着娇小依人的女主角，在室外看东京下的第一场雪。忽然一片雪花轻轻飘落在女主角的睫毛上，于是男主角把脸缓缓凑过去，想要吻她的眼睛——

"又他妈停电了，这狗日的破楼！"

一声尖厉刺耳的骂声从门外传来，连带着还有瓶瓶罐罐摔倒的声音。

"秦乐意！你什么时候把欠我的房租还上！老娘要搬家！"门外的女人继续大声喊叫。

乐意赶忙把泡面桶放在床头柜上，收起跷着的脚面，然后迅速爬到床边，隔着一道卧室的门，对屋外的女人轻声承诺："芹姐，我下礼拜发了工资就能还上。"

可能跷得时间有些久，脚面竟然有些发麻。

乐意发出嘶嘶的声音："靠。"

"你说什么？"

屋外传来拖鞋在地板上摩擦的声音，越来越近。

女人推门而入。

她裹着一条粉色的浴巾，头顶紧紧地缠着一条白色毛巾，脸上还有没擦干净的水珠。

秦乐意没敢看她皱紧的眉头，而是盯着她因为上火而溃烂的左边嘴角。

"最后一个星期！"

女人恶狠狠地瞪了一眼秦乐意，说完就扭头走了，门并没有给关上。

和别人说话时，习惯性地盯着一处看，是秦乐意的外婆教她的。

外婆曾说，这样可以让人在感到害怕的时候，减少一些恐惧感。

秦乐意喜欢听外婆的话。

乐意小心翼翼地伸出一条腿，用脚尖向外顶了顶没关上的卧室门，由于常年失修，门稍稍向左下方倾斜下垂，门框在地上摩擦发出了难听的声音。乐意感到不妙，紧闭上双眼，肉滚滚的脸也因此挤到一起。

"小点声儿！"女人又一声大吼。

乐意赶紧停住了脚，走下床，一边向上抬着门把手，一边推着门关上。

这样就可以减少点噪声，包括女人聒噪刺耳的叫骂声。

所以对这间租来的小小卧室来说，乐意最大的梦想就是门可以有把锁，这样就能把自己一个人完完全全封锁在一个小世界里，不会被任何人打扰，更别提夺门而入这种粗鲁的事情了。

门外的女人叫秦雪芹，虽然和秦乐意是同一个姓，但这并没有带来什么优待，事实上任何一点点的好处都没有。

毕竟在北京这座偌大的城市里，多数的生存法则都是这样现实而残酷。

秦雪芹是这个房子的第一承租人，属于合法住客，后来她把房子朝东的储物室收拾了一番，就自行以低价格租给了秦乐意。由于地段好，临着商业中心，虽然是和别人合租，住的还是个不见阳光的小房间，但想到价格低，乐意还是咬着牙租了下来。

只是住了一段时间后，乐意才后悔自己当初的错误决定。

由于女人爱吸烟，所以整个房子都是乌烟瘴气的，乐意房间的窗户常年被锁死，根本打不开，因此无法通风，若不点上一根香熏，多半会被这烟味熏晕。

原本这个小房间是秦雪芹用来储物的，后来也不知道是什么原因，秦雪芹就把它给收拾出来，租了出去。

实话说起来，不管什么原因，背着房东把储物间当卧室租出去，都挺缺德的。

每天乐意下班回家的时候，秦雪芹都要泡澡，然后再冲澡，来来回回一个半小时，差不多会把热水器整桶的热水用完。所以乐意要想洗澡，就得等下一桶水烧热，这时已经是晚上十点半了。最不通情达理的是，她决不允许乐意在自己之前洗澡，因为她有严重的洁癖，她无法忍受浴室的墙壁上留下别人洗过的水渍。

比起等热水，更让乐意无法忍受的是，女人总在洗浴时唱歌，那声音又低级，又滥俗。

尽管当她沐浴过后，浓妆艳抹一番，还算是姿色可人的那类。

秦雪芹在迪厅上班，是个端酒的侍酒员。

Chapter 02 🚀

由于房子老旧，因此大多数的墙皮都快剥落了，仿佛阳光落下的斑驳。阳台晾晒的衣物，堆积的杂货，吊挂的鸟笼，连同部分破漏的窗户，一起和老楼形成一派无比和谐的景象。

这楼房有些年纪了，虽然它还用力挣扎着活在俨然新世界模样的城市里。

像这个城市的很多人一样，他们都显得格格不入。

顺着秦乐意每天走出来的楼道一路向前走，有一家"舒艺内衣店"，全年挂着打折的招牌，一眼望进去，尽是些花花绿绿的衣料，真不知道什么样的人会买。

再往前走，是一家小卖部，但这只是外表看起来而已，实际上它是一家地下乐透体彩中心，进了门就能看见贴着的海报，上面的大字赫然写着"今日开奖，奖池15亿"，然而乐意才不信天上会掉下来馅饼。

隔壁就是一家简陋的报刊亭了，打火机放在最显眼的地方，还有成排的香烟在售，但这里也有让乐意感到幸福的地方，比如烤炉把香肠烤得滋滋发油，飘散出浓郁至极的香味。

这些门店多数没有正式的牌匾，不知是否是因为不合规，然而它们仍旧存在着，在这个也许并不适合它们生存的光怪陆离的世界。

不过只要走过最后一家卖成人情趣用品的门店，就可以立刻看到耸立在眼前的高楼。

它是那样端庄，工整，肃严。

像极了高傲的上层社会在老楼面前立下的分界线。

大楼直耸云霄，外层的玻璃在光线的照耀下反射出耀眼的光，用手挡在额前，眯着眼睛望上去，高楼的顶端写着"寰宇大厦"四个大字。

这就是每天秦乐意上班的地方了。

在寰宇大厦里上班的，都是北京城里高端的白领，有从事时尚行业穿着前卫的女人，也有从事金融行业西装笔挺的男人。人们匆匆来，匆匆走，面色一致，步调一致，一副我与众生无关的冷漠模样。

白天的秦乐意，也是这样的人。

秦乐意在一家咨询公司做前台，整日的工作很简单：接待来访的贵宾和收发快递。可即便是看似在前台随便站站就可以的工作，也有太多的功课要做，从妆容到衣着，从微笑到表示疑问的表情，她经历了一整套培训。

就连这个普通的工作岗位，她都是经过四轮面试，从十几个候选人当中胜出后得到的。

有的时候就连秦乐意都搞不懂，像北京这样的大城市，究竟好在哪里，除了夜晚明亮璀璨的万家灯火可以给人制造一些关于未来的幻想以外，就只剩下一个人真实的孤独和寂寞。

好像人们都是活在一场互相较量的游戏里，倒没有人是真的出于多么热爱，只是谁都不想认输提前退场罢了。

趁着没人，秦乐意向左晃了晃头，又向右晃了晃头，然后把手伸到肩膀后部，用力地捶打着早就酸痛的肩。

"再坚持一小会儿。"秦乐意对马上要下班的自己默语道。

每天的工作都是这样重复，无聊又枯燥，走出电梯的那一刻，终于可以把练习好的微笑收起来了，这可真轻松。

把扎了一天的头发解开，让头发随意地下垂，没有什么比这份自由来得更让人痛快了。可是想到回到家就会见到泡着澡唱歌，然后浓妆艳抹的秦雪芹，她就一阵头疼。

走出大楼，耳边传来车水马龙的嘈杂声，一时间混着公交车的鸣笛声、老楼前干果店里卖糖炒栗子的喇叭声、放学的学生们成群路过的吵闹声……

她忽然间觉得喧嚷的世界快要炸裂。

"秦乐意！"
一个男人的声音，把她从昏昏然中叫醒。

Chapter 03 👕

"真的是你啊！"

男人喜笑颜开，冲回着头寻找声源的秦乐意跑过去。

还没等她反应过来，男人就来了个大大的拥抱，这莫名又过分热情的拥抱，显然让习惯独来独往的秦乐意有些措手不及。

"你是谁啊？"秦乐意推搡开男人，微微皱着眉，把刚散下来的头发往耳后一别。

男人张开嘴，在灿烂的笑容里露出一排洁白无比的牙齿："我呀！"说完，不忘挑了挑浓密的眉。

秦乐意还是一头雾水，扭过头就要往前走："现在骗子都这么努力了吗？"

男人由于高大，一个步子就把秦乐意追了回来。她明显有些不耐烦了，用力甩开男人的手："你干什么啊你！"

看出秦乐意有些不满，男人才意识到自己可能失礼了，他连忙赔礼道歉，并询问着，是否有弄疼她的手臂。

乐意没有回答，只是用一只手轻轻揉着另一只手臂。

看到气氛渐渐轻松了下来，男人又咧开嘴笑了，随即问：

"你买保险吗？"

"果然是骗子！"秦乐意嘟囔着就扭头跑了，剩下男人在身后追。

他手里拿着三个文件夹的资料，穿过拥挤的人群，抬头盯着在前面跑的秦乐意，生怕她从视线里消失。

好像这一消失，就会永远错过了似的。

终于，在那家隐藏的彩票店门口，他抓住了她。

秦乐意用了很大的力气，在男人的手上狠狠地咬了一口。

"你干什么！"男人快速地把手抽回来，上面还是留下了两排红红的牙印。

秦乐意大声呵斥着说："谁叫你想骗我买保险！你以为我会相信你低劣的骗术和阴谋诡计吗！我看起来像是那种愚蠢地相信买彩票就会中大奖的傻瓜吗！"

说完这句话，秃着头的彩票店老板从窗户里探出头来——

"瞎说什么呢，臭丫头片子！"

男人赶忙把秦乐意拽到一边，憋着笑地用手指弹了一下她的脑门。

"笨蛋啊你！我常如是从小到大骗过你吗！"

常如是?

时间一下子回到十六年前，那时候秦乐意还在浙江省舟山市下面的一个小县城里生活，从小就被父母抛弃的她，一直过着被人收养的日子。后来养父带着她离开小县城，来到了北方。只是没想到，这一来，养父就在北方娶了新的妻子，带着小小的乐意开始了新的生活。

后来她再也没回过县城，听说自己早就被家乡人看作是"流离的叛徒"，在他们眼中，乐意和父亲是同一类人。后来即便是听说养母病重，养父也以担心乐意太过悲伤为由，没让她回去。

她就好像一只断了线的风筝，在荒茫的世界里飘摇着。

她在养母的宇宙里错着，又在养父的宇宙里孤独，而在自己的小小宇宙里，她从没有一天快乐过。

所以她给自己起了这样的名字，秦乐意。

而有关家乡的一切，都是从一个叫作"常如是"的男孩那里得知的。

常如是和秦乐意是小学同学，在秦乐意离开小县城以前，两个人是最好的玩伴。那时候秦乐意还表白说长大以后要嫁给常如是，结果被班里其他的女同学嘲笑，毕竟从那时候起，常如是就是一个全班女生都爱围绕着的小人物。

还没等回忆完，常如是就打断她说："你的脸怎么那么红？"

秦乐意猜到他伸手是要来量量自己脑门的温度，毕竟在他们俩后来往来的信件里，他总是这样温柔地嘘寒问暖。

"我热。"乐意说完，就朝前走去了。

常如是跟在身后，又追着问了一句"你到底买不买保险"，直到两个人走进街边的一家快餐店。

来到北京卖保险这件事，常父和常母并不知情，常如是一贯喜欢搪塞他们，随口捏造了一个理由，就把他们糊弄过去了。

谁也不想让父母担心，尤其是生活在一个无依无靠的大城市里。倒不是说不想坦诚，只是生活已经够苦的了，何必再让家人多一份担忧呢。

人都是这样，越长大，越学会把所有的委屈都只留给自己。

"看你这样子，在北京不少赚吧？"常如是傻兮兮地盯着乐意看，眼睛水润润的，仿佛有星星点点的光。

秦乐意也说不上来那些光，究竟是不是对这个城市的期待，于是为了不扫兴，她十分公关地回了一句："还可以。"

这句"还可以"激起了常如是的兴趣，他接着问："还可以是多可以啊？"

"怎么还是那么没礼貌啊！"秦乐意拿起手里的一次性筷子，敲了一敲常如是的脑门："工资这种隐私的问题，跟女生的年龄、体重一样，不能随便问的啊。"

常如是一头雾水："我不问你年龄、体重啊，你25岁，看起来110斤，这有啥好问的？"

乐意憋红了脸，噘着嘴巴看着面前这个傻傻的单纯男孩，气得说不出话。

如是意识到情况不妙，最大程度地夹了一筷子面，一边往嘴里塞，一边伸手挡住乐意，支支吾吾地说："让我吃完。"

尽管把钱包里的零钱都掏出来，才勉勉强强刚好够这一顿，但常如是还是执意要买这第一顿单。

"我知道你赚得多，所以等你请我吃大餐。"

乐意并没有回答。

顺着北面吹来的晚风，他们沿着街道慢慢地走，由于气温有些低，乐意把双手完全插住口袋里，如是则偶尔放在嘴边嘘一嘘。

"你说这北京有什么好，要啥没啥，秋天这么干，吃得还贵，当初真是脑袋被挤了才决定来。"如是的脸被吹得生红，偶尔一阵大一些的风吹过，他单薄的身子就会随着往前跟跄一步。

他有点想念舟山的故乡。

"不到大城市看一眼，难道要一辈子窝在小县城里啊？那也太没意思了吧。"乐意看了一眼如是，回答得潇洒又干脆。

"也是，我就是那天突然想，我爹娘从小就在县城里长大，忙忙活活十几年，把我拉扯大。如果我再忙忙活活十几年，拉扯大我的孩子，我就要把我爹娘的人生又重新过一遍，这太可怕了。"

"对啊，在新的城市生活也没什么不好的，虽然一眼望不到未来的模样，但是未知的事情毕竟还是充满希望嘛！"说这话的时候，乐意俏皮地转了个身，倒着走到了常如是的前面，笑着盯着他看。

"没错！"常如是突然提高了声调，像起誓一样正经起来，"五年后，我就会在北京扎了根，然后生一车的小孩儿，让他们都看看大城市的样子，然后让他们使劲地夸赞他们爹！"

常如是迎着风向前跑，嘴里不时还发出"喔吼"的欢呼声，他完全甩下跟在身后追着跑的秦乐意，还有她的那句"别做梦了，你可养不起"。

他们肆意地跑着，根本没有在乎过往路人的诧异眼光，仿佛这个城市在此刻就是属于他们的，独一无二。

闪烁的霓虹灯下，他们聊着所有的彷徨不安，可也无比憧憬着未来，年轻的心在"梦想"这个词的催化下，显得格外炙热。

只是他们还不知道，总有一天，那些勇气会化作平凡的动作，而那些怀着英雄主义梦想的人，也都会落叶归家。

Chapter 04 ☀

归家并不是一件多么美好的事，至少对于秦乐意来说是这样的。

在乐意很小的时候，她就被没有抚养能力的父母抛弃，送给了养父母。和乐意一样也被送走的，还有大她三岁的亲姐姐，因此至今她们都没再见过。

乐意偶尔能见到外婆，那是在这个世界上，她唯一能确认的亲人了。然而外婆精神状态并不好，偶尔能热情地认出乐意来，偶尔却似乎视而不见。

和别人说话时，外婆总是习惯性地盯着一处看，她说这样可以让人在感到害怕的时候，减少一些恐惧感。

秦乐意牢牢记得，因为她喜欢听外婆的话。

秦乐意也时常恨自己为什么会来到这个世界，可当发现很多真相的存在无法扭转，她还是会在生活面前，乖乖败下阵来。

要么勇敢地去和生活拼个你死我活，要么就凑合着过，胸无大志的秦乐意当然选择后者。

人都是要这样埋着头苦苦地活着的。

秦乐意沮丧的时候，就这样想。

"琢磨什么呢，女白领！"常如是的突然出现，吓了乐意一跳。

他手里捧着两个刚出炉的烤红薯，隔着塑料袋，都能闻见烤红薯那股绵密的焦香。

"我又请你吃了个烤红薯，考虑买我的保险不，女高管？"如是一边嬉皮笑脸地把红薯递给乐意，一边迫不及待地撕开红薯的外皮，很快，金黄的滚烫的红薯就呈现了出来。

"保险我可买不起。"乐意把装着烤红薯的塑料袋拎在手里，前后晃荡。

"看不起街边的烤红薯是不是，女强人！"如是继续调侃着，嘴里还不忘倒腾着吃红薯而冒出来的热气。

显然，作为一名公司前台的乐意，并不适应如是的这些称呼，但她也绝没做好准备告诉他，其实自己在寰宇大厦里，渺不足道，日子过得和他一样苦。

"你不买保险也可以，倒是帮我推荐推荐给你那些同事啊，朋友啊，客户啊。我这入职以来，一单都还没成呢。"如是说话还是一副可爱男孩的模样，这么多年都没有变。

其实乐意是不想让常如是每天下班都在寰宇大厦楼下等她的。一来是她习惯了自己一个人，突然有个人闯进来，多少需要些时间适应；另一方面，她还没打算跟如是表明自己工作的真实情况。

因此，她需要每天都带着如是到家附近的一个高档小区，然后故作姿态地假装上楼去，等如是走后，再一个人默默地走回自己破旧不堪的老楼。

说努力保持自在和开心，其实都是假的，自己日子里的苦，永远只有自己最清楚。

比这些麻烦事更麻烦的是，乐意转岗了，从一个前台转到了行政岗的内勤部。起初乐意还为自己的调职喜出望外，后来她才发现，自己的工作其实是要监督同事，然后定期向领导汇报——哪些同事在上班时打游戏，哪些同事在上班时聊闲天，哪些同事违反了公司的规定，哪些同事总迟到。每一次向领导汇报，都会被记入绩效，打小报告越多，就代表工作做得越好，工资也会相应赚得越多。

从调岗的第一天开始，乐意的心里就承受着巨大的折磨，虽然她自己的日子过得也并不富裕，但是用这种手段去交易收获，乐意还是打心底里抗拒的。

坦白说，那段时间的秦乐意，不仅不快乐，还很压抑。

后来有一次公司聚会，乐意被平时看她不顺眼的同事灌多了，她失魂落魄地往家走，正好碰到四处找他的常如是。

"女强人，你怎么今天走的是这条路线呀，可让我好找。"如是看到她，笑嘻嘻地拉着她往平日的高档小区走。

八分醉九分心痛，想到自己在工作里的所有不快乐，想到精神理想和物质生活的扭曲，想到自己和自己的违抗，乐意崩溃了。她把束着的头发散了下来，抹掉自己嘴唇上所剩无几的口红，拎着的假名牌包包一把甩在地上，又把廉价的高跟鞋脱了下来，一五一十地和常如是交代——

"这才是真的我！一个公司的前台小姐！买你个屁保险！"说完就弯着腰吐了，要不是有酒精的作用，一向对任何事情都没多大热情的她才不会这样真挚。

不出意料，常如是听傻了，他尴尬地笑着，也为卖保险的事情感到抱歉。

"我没想……"

如是还没说完，乐意就抢过了话，继续倾吐着自己的一五一十。

在北京这座容易让人迷失的城市里，她蜗居在一个几平米的密不透风的小房间里，没有窗子，没有光，和暗淡的生活一样。她从没想过诸如"未来"这样虚无遥远的事情，她只是想着，像自己这样的可怜虫，苟且地凑合活着就够了。

所以当头顶的方形吊灯忽然灭了，她也不会在意，她依然可以在黑暗的空间里端着泡面继续吃，然后把所有时间都寄托给手机屏幕里的电视剧。

人是不怕黑的，人能在黑暗里看清一切。

乐意的摊牌让如是多少有些手足无措，他在大风的天气里，把乐意紧紧抱在怀里，任凭着她哭她闹。酒精难闻的味道，缠绕在如是温暖厚实的棕色风衣里，乐意才没注意到今天的如是，并没有穿往常的西服套装。

因为今天是常如是被老板炒掉的第一天。

由于入职后没卖出去一笔保险，表现平平的常如是并没有通过试用期，他本想着收拾收拾行囊，还是回舟山的小县城里去，然而就在和秦乐意道别的时候，遇到了一样脆弱的她。

如是心里想，他不能走，绝不能离开北京。

在这个时候，自己一定是乐意最后一道心理防线，如果常如是选择离开了北京，那秦乐意也一定会在下一个挫折来临时，放弃先前所有的努力，败下阵去。

毕竟他们是从小长大的一类可怜虫。

"好啦好啦，不哭不哭，有什么委屈都不要怕，我就是老天派来陪伴你的小英雄，以后有我在的地方，就是家在的地方，好不好？"

如是抱着怀里小小的抽泣的乐意，闭上了眼睛。

Chapter 05

再见面的时候，乐意还是有些难堪的，在此后的相处里，她坚决不准常如是提及任何和"酒"有关的词，更不许说那个晚上发生的事。

虽然秘密公开后他们之间还有些小尴尬，但能踏踏实实放下所有包袱在一家路边摊吃麻辣烫，充满不切实际的幻想从彩票店买　张两块钱的彩票，一起买半夜最便宜的电影看，还是比先前的那些伪装要快乐得多。

如果说从前的乐意有几十个烦恼，那么遇到常如是以后，也就剩下一两个，不过其中一定包括和秦雪芹抢卫生间。

乐意今天要出门和如是看电影，于是她计划先冲个澡，再换一身漂亮的新衣服。鬼机灵的她趁着秦雪芹还没回家，偷偷溜进了浴室，原本她打算快速冲个凉，然后再人不知鬼不觉地把地板擦干，恢复浴室原本的模样，这样就不会被秦雪芹发现。

只是她绝没有想到，一向在夜场工作的秦雪芹今天提前回了家。

"秦乐意！谁让你现在用浴室的！"

吼着的秦雪芹一把拉开了浴室的门，乐意就赤身裸露在了她面前。

在大喊了一声"啊"之后，乐意背过去身子，然后心虚地抱怨着秦雪芹怎么不敲一下门就进来。

秦雪芹愣住了，不知道什么原因，她足足盯着乐意的背看了半分钟。

"不是租房的时候说好了的？你也答应，浴室都要我先用，你才可以用，我没回来，你把热水就用了……"秦雪芹讲这些话的时候，磕磕绊绊的。

"姐，我马上就冲好啦，一分钟准保出去！"乐意连忙使劲上下搓着身体，向秦雪芹殷勤地做着承诺。

秦雪芹像是被什么击中了，没有说话，忽然就软下来了的她，在关上门之前说了一句："你洗吧。"

然后就低着头出去了。

乐意纳闷地向上挑了挑眉，她第一次见秦雪芹这样温柔，虽然不知道今天的她是不是遇到了什么事，但是想到能轻轻松松洗这个澡，还是开心得要小声哼出歌来。

快速地冲完澡后，乐意把地板上的水仔细抹干净，然后裹着浴巾，小心翼翼地把头探了出去。

"姐？芹姐？"两声探问后，她发现了在沙发上呆坐着的秦雪芹。

秦雪芹并没有理睬乐意，感觉到情况有些不妙的乐意快速闪进了自己的房间，没敢再招惹秦雪芹，毕竟在公司混迹那么久的她，知道什么是见好就收。

那天晚上的电影很好看，如是的肩膀很好靠，新出炉的爆米花很香，就连迟到的月亮都很美。

乐意还记得，那天晚上秦雪芹并没有去上班，她开了一整瓶红酒，在家里喝得醉意蒙眬。

乐意被邀请到沙发上闲聊的时候，大大方方地分享了关于自己和常如是的故事，只是她没有想到，秦雪芹竟然邀请如是搬来家里住。

"他不是刚被保险公司炒了工作没地方住吗？你让他搬来住吧，

睡沙发。"

"或者，打地铺也可以。"

"我不收额外的住宿费。"

秦雪芹分了三口气，低着嗓音这样对乐意说。

一个"哦"之后，乐意就溜进了自己的小房间，留下秦雪芹一个人在客厅沉默地买醉。

奇怪，莫名其妙。

第二天就搬来住的常如是在客厅打了个地铺，虽然地板有些硬，但想到可以不交一分房租，如是已经能笑着睡着了。他客客气气地和秦雪芹打着招呼，表情和动作里充满了感恩之情，并且许诺可以用做家务来作为不交房租的一种补偿。

一个不到八十平米的小房，三种截然不同的人生，他们仨从此过上了蜗居在一起的生活。只是谁也没想到，就在常如是搬来的第一个晚上，秦雪芹就在他的地铺旁和他聊了个通宵。

这是乐意在半夜起床上厕所时发现的。乐意打开门的一瞬间，发现秦雪芹穿着宽松的睡衣坐在常如是的身边，她当然多多少少有些错愕和不悦，谁都不喜欢属于自己的一下子被别人抢走，然而愤怒早就掩盖了错愕和不悦。

秦雪芹真的是莫名其妙，常如是也真的是过分至极。

早上的时候，乐意故意没给常如是好脸色，即便他一直追在乐意屁股后面和她解释，这只是新朋友之间的交流，为了加深对彼此的认识而已。

乐意收拾好后，就甩上门上班去了，她不得不承认，每走一步，她脑子里都会猜忌一下，睡醒后的秦雪芹，到底又会对常如是做些什么。

"喊，我最看不惯这种酒吧夜店风尘女了，一点也不守妇道，前脚给你介绍认识，后脚就给我占上了。"乐意气鼓鼓地小声抱怨说。

路过那个卖彩票的小卖部，秃头的老板伸出头来问："我的彩票店明天就关张了，我要去长沙看我的明星老婆了！今天有大奖要开，买不买？！"

乐意想都没想，扭过头冲着秃头老板就是一顿骂："光头骗子！买你个头！打着小卖部幌子卖彩票，和秦雪芹一样！狼披羊皮，就知道没安什么好心！"

说完，她气得一脚踢飞了挡在脚前的可乐罐。

"不吃！"她又冲着一旁沉默无辜的卖包子大娘说。

Chapter 06 🌩

在秦雪芹的人脉帮助下，常如是很快就找到了第二份工作——房产经纪人。由于介绍这份工作的中间人是秦雪芹的好朋友，因此偶尔秦雪芹会叫上常如是一起去聚会。

乐意当然是不乐意的，她才不想让如是鬼混在秦雪芹这样的人际关系里。

傻傻的如是每次都会准时准点地参加，也丝毫看不出来乐意的不乐意，他一直以来都是这样的一个人，没什么喜怒哀乐，也天真地相信明天会更好。

当初听了朋友的一句劝告后，来北京卖上了保险，现在又在秦雪芹的介绍下，卖起了自己根本都不懂的房子。

都说不爱自己不是最大的可悲，不懂自己才是莫大的可怜。

有很多天，乐意都是一回到家就把自己关在房间里，根本不理会在门口悄悄叫她的如是，不管他用什么方式。

和这种坏情绪有关的，还有她在公司职位上的调动。在内勤部的这些天，一点也不顺利，不打同事小报告的她，又常被领导数落没用。

可是生活这副牌，并不会总给你发得顺，拿到什么样的牌，就得打什么样的牌，这是最基本的生存准则。

妄想生活的船会一帆风顺的，只会遇到更多的惊涛骇浪，真正的风平浪静，从来都只属于那些会自我掌舵的人。

意识到这一点的秦乐意，一点点消化着自己的消极情绪，乱成一团麻的日子，也只有自己才可以理得清。只是每当常如是的名字和秦雪芹挂起钩来，她原本的那些坚持和努力，就又都碎成一地了。

"如是，快来帮我一下，锅太沉了我抬不起来。"这是自合租以来，乐意第一次见秦雪芹下厨。

由于厨房狭窄，秦雪芹和常如是总是难免有肢体上的碰触，而对做饭都很生疏的两个人，手忙脚乱中更是欢声笑语，一派和谐，以至于当乐意回到家的时候，如是都没发现她。

乐意的心里就像打翻了醋罐，一下子潮湿了一大片，这么多天阴云般的心情，更是晾晒不干。她反感着秦雪芹的笑声，也反感着常如是的花心，更反感着不快乐的自己。

可是要怎么快乐起来呢？

快乐好像永远都只属于那一小部分人，而大多数的人，就要学会和荒凉的孤单做朋友。

也是啊，一定是自己不够好，也的确是自己不够好。乐意眯着眼睛，仔细打量着眼前的秦雪芹，她穿着红色的睡衣，优雅又知性，散落的头发把肩膀勾勒得性感极了，而笑起来好看的弧形嘴角，更是妩媚又迷人。

如果把自己换作成常如是，也会有上去抱住她的冲动。

所以这一切并不怪常如是，尤其是低头看看包裹得像个熊一样的自己。

乐意这样想。

还是掉头走吧，或许如是的出现只是为了告诉自己：你并不适合北京这座城市。

那么繁忙的车水马龙，那么璀璨的万家灯火，那么多明明灭灭的希望和日子，都不属于我。

属于我的，是纯粹的孤单，小小的失败，庞然的无法反抗的命运，大多数人的无奈，和微不足道的存在。

因此我常对自己感到失望，即便这是人之常情。

想到这里，乐意的眼泪不自觉地流淌下来，她静静地把鞋子脱掉，然后光着脚，慢吞吞地挪向自己的小小房间，虽然在这个蜗居的房子里，她从没有一刻拥有过对这个小小房间的归属感。

"乐意！"如是隔着厨房的玻璃门大声喊着，语气里带了些喜悦。

乐意没有回头，继续向卧室走。

如是擦了擦满头的大汗，拉开厨房的门，走向乐意。

"喜欢她吗？"乐意很平静地看着如是说。

"啊？"如是把眉头皱了起来，"你在说什么？"

"喜欢她吗？"乐意又问了一遍。

如是把头撇向一边，完全不知道为什么乐意会有这样的想法："别闹了，你知道我喜欢你。芹姐人很好，收留咱们不收一分钱，很多事情你不知道。"

"她收留的是你，不是什么咱们。"乐意咬文嚼字，"很多事情我不知道，我当然不知道，我只知道她大半夜坐在你旁边，知道她再也不当着你的面对我冷言冷语，知道她跟你亲亲热热做饭开心得像神仙眷侣！"

乐意红着眼睛，整张脸都红通通的，像天边的火烧云。

"乐意，你误会了……"如是无力地解释着，然后就又被乐意打断了。

"那她为什么这样做！"

如是沉默了片刻，他的血管开始扩张，心跳开始加速。

"因为她是你的亲生姐姐！"

Chapter 07 ♕

二十年前，八岁的秦雪芹被亲生父母送给了外县城的一户人家，和妹妹分开的那一天，她哭得撕心裂肺。那年妹妹才五岁，站在门口看姐姐哭着被人带走的时候，眼睛里写满了无解。

坐在开往养父母家里的车子上，秦雪芹隔着后车窗哭喊，她不仅舍不得妹妹，还第一次感觉到了人生无力的绝望感。

从此以后，她们再也没有见过彼此。

秦雪芹被转手了三次，才到了现在的单身养父手里。由于养父酗酒成性，经常暴力对待秦雪芹，她养成了一副不易接近的冷漠性格。只是没有人知道，这么多年过去了，她一直都在想各种办法寻找妹妹，只是因为被转手的次数太多，她需要打探的关系一层隔着一层，而每一层的打探，都需要花不少的钱打点。

所以她才决定在这家迪厅工作，靠着甜美的笑容和亲切的问候，在给客人端酒的时候就可以拿到小费。

这份工作对于没上过学的秦雪芹，是能力范围内赚得最多的了。

她当然不喜欢这份没有那么体面的工作，也遭遇过被人侮辱的卑微时刻，只是一想到要找到妹妹，保护她，照顾她，秦雪芹就重新拥有了力量。

所以她才偷偷把这个密不见光的小房间租了出去，即便缺德了一点，也想多赚点钱，早些找到妹妹。

所以她才浓妆艳抹，对着陌生人假面微笑，容忍着一切与自己性格本不相融的工作。

但在那天拉开浴室门的一刻，看到秦乐意背上熟悉的胎记，她一下子怔住了，在第一个和常如是彻夜长谈的夜晚过后，她更加确定了这就是自己的亲生妹妹。

啊，糟糕的生活啊，总是会在给尽人绝望的时候，再给人一点光亮。

它仿佛炫耀着说："来啊，别这么轻易倒下。"

秦雪芹慢慢走来的时候，已经预料到了这一切，她只是还没想好，要怎样开口去和自己这么多年未见的妹妹问一声好。

两个人都已经哭得稀里哗啦的了，只不过其中一个是秦乐意，另一个是常如是，秦雪芹才不会轻易掉眼泪。

"别哭，哭是没用的，我这辈子的眼泪都在离开妹妹的那一天哭干了。自从那天起，我就和自己说，哭是没用的，我要变坚强。"秦雪芹伸手擦了擦乐意脸上的眼泪。

"我曾被收养在不同的家庭里，别提爱了，有的家庭里连信任和尊重都没有。因此任何人在我面前，都肮脏无比。我知道的，从离开家的那一刻，从离开妹妹的那一刻，我就是一个脏脏的小孩儿了。所以现在长大了，我慢慢养成了洁癖的毛病，这也是为什么我要和你争抢浴室的先后使用权。"

秦乐意哭得更厉害了。

"其实一直想跟你说你是我妹妹，但没有做好心理建设，想起之前对你那么凶，总犹豫不知道如何开口，如果不是今晚这件事，可能我还在犹豫。"

"好啦好啦，什么也别怕，这不是我们三个都好好的嘛。"秦雪芹揉过已经说不出话的乐意，把她紧紧抱在怀里，听着她任性地肆意地放声哭泣。

"那么，姐姐再也不催着要你的房租了，我也不会搬走了，在这个小小的房子里，我要和你们俩挤一辈子。现在呢，你要快点收拾一下你的小房间，从今天开始，你们两个去住我的大房间，我搬来这个储物间睡，这是命令，不服从的话，我就发飙把你们都赶出去。"秦雪芹笑着说。现在的她，在乐意的眼里美得不像话。

"好的，姐！"常如是没头没脑地回答着，然后在乐意哭笑不得的一个白眼里意识到自己又说错了话。

"好啦，今天咱们都要开开心心的，我还有一件大事要向你们宣布！"如是的嘴角向右边扬了扬，露出一个好看的坏笑，"我准备离职了，没卖出去一间房的我，找到了人生的新方向。"

其实有时候弄明白自己想要什么，比不停地给自己要重要的多。

一直以来，如是都不知道自己想要的是什么，想要的生活，想要的爱情，想要的梦想。于是傻傻的他听了别人一句劝，就只身一人来了北京，做着自己不喜欢也不擅长的事。

直到他重逢了秦乐意，这才找到了生活的希望和方向。

现在的他，决定投奔一家机器修理公司，从小就爱把家里的大大小小物件拆卸又重组的如是，在这方面可是行家，因此被一家机器修理公司老板一眼选中。

乐意听到这个好消息，也不甘示弱。

"那接下来的好消息是，我也要离职啦！虽然我并不知道接下来我要去哪里，但是我确定，我不想做出卖同事的奸细，我秦乐意，有的是公司乐意要！"

抹着鼻子的她不哭了，露出了这几年最开心的一次笑容。

秦雪芹却叹了口气："哎，我这里可都是坏消息。首先呢，前天开始，我就不在迪厅里端盘子侍酒了；其次呢，房东先生发现了你们两个偷住的事情。"

好气氛一下子就被打破了，秦乐意和常如是都不知道该如何接下去。

秦雪芹从口袋里拿出打火机，点燃了一根香烟，用力地吸了一口，这才打破了空气里的安静。

"但是好消息是，我升职到了店长，负责每天盯着新员工端盘子侍酒！以及，日渐消瘦的房东先生，并不介意我们蜗居在一起，他儿子考到了上海师范大学，虽然那男孩没能在自己喜欢的游泳领域再有所建树，但考得不错，单身的房东先生还是很高兴的！"

说这段话的时候，秦雪芹的声音格外响亮，脸上似乎透着未来的美好光亮。

乐意和如是把秦雪芹环抱了起来，三个人兴奋地又笑又叫，庆祝着否极泰来的生活。

"你们姐俩先慢慢叙旧，我赶紧快马加鞭把晚餐准备出来，一会儿我再下楼买瓶酒，今天晚上好好庆祝庆祝！"

如是吸了一口烟，朝厨房走去。

Chapter 08 🪐

大约三秒钟的时间后，常如是叼着香烟走进关着门的厨房。

由于开着窗子，窗外的风把灶台上的火吹灭，泄露的燃气散布满了小小的厨房。

泄露的燃气遇到一根点燃着的香烟，"砰"的一声，厨房瞬间爆炸。

如是被炸飞，玻璃被震碎，厨房被点燃，刚刚组建起来的美好世界，瞬间坍塌。

Chapter 09 ✿

再醒来的时候，乐意和秦雪芹躺在相邻的两张床上，头顶的吊瓶一滴一滴往下输送着药液，身旁的心电图发出规律的滴答声。

大火在半个多小时内被扑灭，瘦弱的房东跟着消防员整理残败的房子，在客厅收拾出来了很多常如是留下的遗物。

其中有一个笔记本，上面这样写着——

我亲爱的乐意，我很喜欢你新给自己起的名字——乐意，因为我常如是和你秦乐意，加起来，就是"常如此乐意"。

在十岁的时候，我乐意陪你一起躲班主任老师的惩罚。

二十岁的时候，我乐意把世界刨个底朝天，然后发誓找到你。

三十岁的时候，我乐意跪在地上向你求婚，让你做我的妻子。

四十岁的时候，我乐意带你周游全世界，费着力气背起你。

五十岁的时候，我乐意和你作对，凡事都向着我们的孩子。

六十岁的时候，我乐意陪你去选假牙，还要给你做指甲。

七十岁的时候，我乐意和你一起挑选养老院，并在老头子们面前，骄傲地牵起你的手。

八十岁的时候，我乐意拉着你锻炼，还有鼓励你这个胆小鬼努力和病魔做斗争。

九十岁的时候，我乐意祈求上帝，一定要你走在我前面，我知道你胆小，才不要留下你孤单一人。

一百岁的时候，我乐意在另一个世界，像二十岁一样地重新找到你。

我亲爱的乐意，你千万不要瞧不起我，别看我一笔保险都没卖出去，但是我自己搭钱买了一笔人身意外险，哈哈哈哈哈！尽情地笑话我吧，我也觉得自己很可笑。但是我想好了，还是要给自己上一份意外险，要是将来哪天我有什么不测，你就拿着理赔的这一大笔钱，再去找个好人家。

千万别想我，也别留恋，因为我——"如此乐意"。

Chapter 10

再见了，我亲爱的乐意。
我们迟早还会再遇见。

"TA想对你说   秦乐意 "

　　我是秦乐意，躺在我旁边的人是我的亲姐姐，我们像当初来到这个世界时一样，又躺在了同一个病房里。

　　来病房看望我的，有彩票店的秃头老板，他即将起程去长沙追回他的爱人林汐阳。临别时我鼓励他，只要心里爱着那个人，就什么也不怕。此外，房东先生也来看了我，他说自己查出了绝症，可却一点也不难过，因为只要心里想想亲爱的儿子，就觉得万物明朗。

　　是啊，人生永远都是试卷上的附加题，难上加难。

　　可只要有你，我皆如此乐意。

I'M NOT AFRAID.

04

稳稳的幸福

爱是多情的种子，
是魔幻的迷药，
是一切的解脱和罪恶，
爱是自由，
爱也是无知，
爱是不管不顾的疯狂迷路。

Chapter 01

这个夏天比以往的任何一个都要燥热。

林汐阳向右偏着头，用手从上至下捋着湿漉漉的头发，水珠顺着她的发丝往下滴，掉落在地上，没过多久就蒸发了。偶尔从发根顺着脖颈往下流的，她会趁水珠打湿衣衫前，轻轻抹掉。可即便如此，新换的薄衫上仍有水渍，半透半实的。

她的背在昏昧的光线下，斑驳极了。

林汐阳左手拎着一个塑料桶，里面装着洗发水之类的瓶瓶罐罐，还有毛巾。由于步子走得心不在焉，以致有个人突然从身后蹿出来时，她吓了一跳。

"给你，冰镇的椰子！"

六月份的北京早就已经热透了，树像疯了一样地迅速生长，伸展出来无数的枝叶，碧绿而层层叠叠地掩盖住头顶的天空。

因此，空气仿佛更加闷热了。

一定会有虫，在此刻就开始肆意地鸣叫，它们不用等待真正的盛夏。

即便是到了傍晚，虫也绝不会停止发出声响，它们才不会把本该属于夏天的静谧，留给晚霞，留给烧红的天空，留给飞走的夏莺。

"哦！"林汐阳才晃过神来，"谢谢，你自己喝吧。"

徐冲往前跨了一步，挡在林汐阳面前，眉毛向中间微微一翘，露出可怜巴巴的神色："你喝你喝你喝！"

看林汐阳朝着另一侧要走，他又追上去："你喝嘛，降暑的。"

他一边撒着娇，一边跟着林汐阳。

林汐阳瞥了一眼椰子，看起来确是汁水饱满，她甚至可以想象到那股清甜的味道。要知道这样一个冰镇的椰子是绝不便宜的，在2004年，这属于学校里有钱的孩子才会买的。

她没控制住，偷偷咽了下口水。这个小举动惹得徐冲就要大笑起来，他把头背转过去，使劲憋住笑，伸出麦色的手臂，把椰子递给林汐阳。

林汐阳迅速接过椰子，红着脸，一路小跑着朝女生宿舍去了，剩下徐冲在背后看着她的身影，笑容灿烂得像个傻瓜。

没多久，月亮就慢慢爬上来了。

"又有冰镇的椰子喝啊？"葛小蕾盘着腿坐在床上，背靠着墙壁，手里拿着蒲扇用力挥着，她最擅长明知故问。

林汐阳脸上的红晕还没有完全褪去，她看了看葛小蕾："要不要？"

葛小蕾往左边挪了挪位置，因为刚刚倚靠的墙壁已经被焐得有些温热了，只好再换一块墙壁乘凉。

"我才不要呢，"她故意把头扭到了另一侧，用酸酸的语气接着说，"学长给你买的椰子，我喝了算怎么回事儿啊？"说完，换另一只手，继续悠悠地挥动着蒲扇。

"你们俩别磨蹭了，没人喝给我喝！"葛小蕾下铺的冯燕快急眼了，体态肥胖的她，不到八点就会躺到床上，闭着眼慢慢熬着夏日长夜。

"林汐阳你快喝掉，别给大燕留念想，她都胖成这个熊样了！"葛小蕾用蒲扇招呼了一下，示意着林汐阳快点喝。

于是林汐阳把吸管送进嘴里，轻轻一吸，清凉的椰子水就从喉咙淌到身体的每一处了。

咕咚，咕咚。

初夏的炎热在这一刻得到消解。

其实林汐阳被葛小蕾酸也不是第一次了，毕竟徐冲送的大大小小的追求礼物，实在是不少。

徐冲比林汐阳大一届，是学校足球队的队长，长期在外暴晒，肤色接近小麦色，但这却和他寸头的形象很般配。由于家境条件好，再加上长得凌厉潇洒，因此在学校里也算是小有名气。

成礼大学的不少女生都追过徐冲，但是没有一个成功过的。她们有些是看上他的富裕的家世，有些是喜欢看他踢球，还有些，则是单纯地迷恋他男子汉气概的外表。

让那些女生失望的是，徐冲每天都会买不同的水果，在学校的各个角落找到林汐阳，然后送给她，风雨无阻。

不过这也没什么新奇的，林汐阳确实长得好看，如果用一个词来形容她，那就是"美丽"，如果再形容得细致一点，那就是"素雅的美丽"。她确实长得足够美，在那个女生还不怎么会化妆的年代，她像一枝在水中浸过的百合，美得迷离而动人。

徐冲最喜欢她的寡淡，她的喑哑，她的不言不语。

徐冲最初的心动，是在足球场旁。那天他踢比赛，林汐阳负责做赛事捡拾垃圾的义工。就在所有女生嬉笑着呐喊助威时，只有她无辜又负气地站在角落，戴着一双颜色沉闷又破旧的针织手套，拎着黑色的塑料袋，心里暗自埋怨着那些乱丢垃圾的啦啦队女生。

时间早就模糊了徐冲的记忆，当初的战术、天气、失误和湿透的队服，他都不记得了，唯独记忆清晰的是那天的她——穿着素白色的线织毛衣，清亮可人，头发全部束起扎在头顶，偶尔有零碎的发丝散在侧脸，招引着不时吹来的风。

她有微微厚起的红唇，上面的每一条纹理，都精致又好看。

在那天输掉的比赛里，徐冲没有进球，队友都纷纷大声起誓说要在下一场里赢回来。

只有徐冲，暗暗地说：我想和你好好的。

和他的决心一样坚定的，还有他的所有努力。

他会手抄一整天的诗，陪着月亮失眠；他有每天寄送的情书，也有寄不出去的想念；他变换心思地告白，却又无一例外得不到回应。

喜欢一个人，真的是一件太过复杂的事情。它既真实存在，却又无法捉摸，它嚣张，聒噪，吞噬掉所有的平静。喜欢是无法被证实的，除了向时间做请求，然而时间绝不会轻易给答案，它总是喜欢在捉摸不定中，玩弄着人的心情。

徐冲甚至想，如果喜欢一个人，可以真的把心掏出来给她看，那就再好不过了，这样一切都会变得简单。然而他无法将真心掏出，甚至就连这句充满勇气又赤诚的情话，都会被猜疑和否定，继而成为轻浮且不可信的谎言。

于是在追林汐阳的那段时间里，徐冲也很烦恼。

他时常思考真正的喜欢，应是什么样的感觉。有段时间觉得，是类似捉迷藏的游戏，会不由自主地分心，可又控制不住想绕开而行，会发疯地想，可又不停地怀疑自己直到自卑。

可后来明白，真正的喜欢，其实是一瞬间，第一眼，就坠入爱河。

那种心动的感觉像失速的赛车。

喜欢是确认，是失去，是无法回头。

Chapter 02 ✨

其实在大多数人眼里，徐冲是一定会追到林汐阳的。关于这一点，基本上所有人都保持着一致的肯定。

只有林汐阳，摇摆不定。

"我要是你，我就赶快答应，家里这么有钱，全世界都能买给你，说白了就是一个大便宜！"冯燕仰头喝下一大口冰镇可乐。

林汐阳心不在焉地坐在床边，整理着刚晾干的衣物，周围有着清新的皂香味道。她摸着衣服上的褶子："他家里那么有钱，我们差距太大，以后不好相处吧？"

冯燕一屁股坐到林汐阳床上，年头过久的床发出"咯吱"的声响。她从林汐阳手里抢过来衣服，抖了抖，又放平在床上，双手用力地在上面抚了一遍，褶皱的衣服瞬间就平整了。

"看见了吗，男人跟衣服一样，只要你会管，他就会老老实实服服帖帖的。"冯燕说。

这时候宿舍的门开了，是葛小蕾。

"又在讨论足球运动员的事情呢？"葛小蕾把小靴子脱掉，换上舒适的平底拖鞋，"要我说，你就从了吧，大哥除了黑点没什么不好的。"

林汐阳叹了口气，其实她也知道徐冲对自己是真的好，下雨天在教室外面接，刮风就跑来送衣服，听说生病了比谁都着急，只是两个人的家庭条件有差距，她总觉得不踏实。

"你也不能因为人家有钱就否定人家啊，他爸妈有钱，他也没办法。"葛小蕾一边摘着耳朵上吊着的耳环，一边劝她，"难不成让他换爸换妈变成跟陈诚一样的穷小子，你就满意了啊？"

"乱讲什么。"林汐阳起身，把叠好的衣服放进衣柜里，接着问道，"你和陈诚怎么样了？"

葛小蕾随手把耳环往桌上的首饰盒随意地一丢："别提了，也不知道穷酸小子陈诚坚持什么狗屁自尊心，我说生日送他一把顶级配置的吉他做礼物，他差点跟我翻脸，死活不要。"

林汐阳关上衣柜的门，过来捋了捋葛小蕾的头发："陈诚我太了解了，他不喜欢受金钱和物质的支配，他的自尊和音乐梦想，比那些物质生活重要多了。"

葛小蕾转过身，生气地瞪着林汐阳。

"你……干吗？"林汐阳略不知所措。

"还不是你介绍给我认识你的狗屁发小让我着了迷！"一边说，葛小蕾就一边抓起林汐阳的痒痒，然后追着她满寝室跑。

"烦死啦烦死啦！"小小的寝室里，飞出去一片大笑的声音，飘向阳台外好看的云朵。

陈诚是林汐阳的发小，两个人住在同一栋破旧的老楼里，从小就是死党，关系十分要好。林父和林母曾经担心过两个人早恋，为此还特意找陈诚谈了一下午的话。

和对林汐阳的亲近不同，陈诚对葛小蕾的感情完全无动于衷，不管葛小蕾用什么办法追，他都不为所动。爱好音乐的他，一直鼓励林汐阳，希望毕业后可以和她组个乐队，红遍半边天，赚花不完的钱，彻底摆脱普通人的生活。

所以，当林汐阳现在突然拥有了徐冲，麻雀在一夜间飞上了枝头，陈诚是很反对的。

比反对更可怕的是，每次提起这件事，他都会真的很生气。

"人最怕的是善变。"陈诚说。

关于徐冲对自己的热情能坚持多久这件事，林汐阳没有一点自信，她的确是这样一个缺乏信心和安全感的女孩。出身自一个平凡又普通的人家，从小到大都是过着安稳的生活，林汐阳从没想过有一天会有这样一个发着光的人闯进她的世界。

然而那个年纪的女孩，还是很难抵挡住一个挑不出缺点的男生对自己疯狂的追求。

于是很快，他们就在一起了。

这件事传得全校皆知，因为徐冲的告白闹了很大的动静。

那天在学校的明思湖畔，徐冲只穿了条三角的泳裤，旁边放了一束花。

林汐阳还在自习室写作业，就被冯燕一个电话打来："徐冲那个旱鸭子要跳湖啦！"

赶到湖边的时候，徐冲身旁立了一个巨大的牌子，上面写着"我爱你爱到想用生命来证明"。

见到林汐阳的时候，徐冲红了眼眶，那一刻的真心，是能从他脸上无助又知错的眼神里看出来的，一米八五的他，像极了一个可怜的小孩。

"对不起以这样的方式表白，但在追你的这108天里，我每天都在痛苦地煎熬，我已经没有任何办法再坚持了，哪怕只是一秒。"他说。

林汐阳用手捂住了嘴。

"我只是想要告诉你，我有多么喜欢你。我不在乎所有的荒谬，所有的嘲笑，甚至所有的后果我都没有想过，我只是知道，在这一刻，我一定要你知道我的真心。"徐冲伸出手中的花，"要么接过我的花，做我的女朋友，要么看我溺水，给我送束花。"

在旁人的笑声里，他也忍不住笑了。

犹豫了很久的心像一下子找到了出口，林汐阳接过了花，听到身体里最真实的声音呼啸而出。

那天的湖水很明亮，倒映着天空湛蓝的颜色，虫很少鸣叫，像用一切沉默，来表达爱的哑口无言。

和虫一样沉默的，还有陈诚。

"恭喜啊汐阳，寝室第一位脱单人十！"葛小蕾双于拎起两瓶红酒，笑着睁大了眼睛，"今天晚上放肆地庆祝一把，不醉不休！"

冯燕甩掉胸脯上的毛巾，从床上蹦起来，兴奋地像自己嫁人了一样，丝毫不在乎此刻的燥热。

所有人似乎都沉浸在幸福的状态里，只是她们不知道，在林汐阳的日记本里，躺着这样的一段话——

他是太过于宽阔的马路。

是不安全的天赋。

是美味但不健康的食物。

是翻倒的醋。

他是遥远太空里的漫步。

是不切实际的礼物。

大概青春里多数的难挨都是这样的吧。

Chapter 03

葛小蕾还是没有追到陈诚，为此，她郁闷了一整个夏天。

冯燕依然热得睡不着，她无比期盼着秋天的到来。

林汐阳一切都好，被宠爱得像个公主，如同校园里大多数的情侣一般，他们甜蜜地恩爱着。只是为此，她几乎失去了半个陈诚，因为他时常挖苦又讽刺地说："你和善变的人没什么两样。"她厌恶他的吃醋，也厌恶他无理取闹，厌恶他对于自己向往物质的误解，也厌恶他对友谊自私的捆绑。

在那个夏天，成礼大学的澡堂依旧人声鼎沸，虫开始更肆意地鸣叫，茂盛的杨树被烤得发烫，路边的水果摊上，全都是切好的红艳欲滴的西瓜。

时间碾压着一切，包括这个校园里的新闻和八卦，它们仿佛没有发生过一样，在各自的轨道里，独自烦恼，独自解决。

夏日过后，迎来初秋。

在恋爱的第100天时，徐冲请林汐阳来到明思湖畔，也就是那个表白成功的地方。

他拿着一把吉他，笨拙地弹唱着情歌，他知道林汐阳喜欢唱歌，所以即便自己五音不全，也早在一个月前就开始不停地学唱这首歌。

为此，他不知道熬了多少个通宵。

"谢谢你，我的大傻瓜。"林汐阳用手按住徐冲在吉他上慌忙乱弹的手。

徐冲抹了抹脸上的汗，好像这一刻的月光都变得愈加温柔。

他闭上眼睛，慢慢凑近她。

"等一下！"林汐阳突然说，徐冲吓了一跳。

她一动不动，像被固定住了："打我的脸，快！"

徐冲一脸雾水，眉头紧皱。

"有蚊子啦！快点啊，不然被咬一个包明天就要肿死了，快点快点。"林汐阳连央求的样子，都楚楚动人。

徐冲不知所措，于是用手胡乱地在她面前挥了挥，似乎赶走了蚊子。

林汐阳噘了噘嘴，埋怨着徐冲说："你刚才看到了蚊子为什么不打啊，打了还能为民除害，免得它去咬别人。"

林汐阳用手搓着脸上痒痒的地方。

"你这个小笨蛋，我哪里舍得打你，就算让蚊子咬你，我也不舍得打啊！"说着，徐冲就把她抱进了怀里。

"真的那么不舍得啊？"林汐阳得意地笑。

"那当然了，你一根头发我都不舍得……"徐冲的话没有说完，就又被林汐阳打断了。

"等等，"林汐阳一动不动，咽了口口水，"我好像又听到了蚊子的声音。"

Chapter 04 🛸

"啪！"

一个响亮的耳光，女人被打倒在了沙发上，脸瞬间就红肿了起来。

愤怒的男人喘着粗气，因为急剧呼吸而上下起伏的身体，像刚刚爆发的火山。

他睁大了眼睛，浑圆浑圆的，满脸错愕地盯着沙发上的女人。

男人的右手颤抖得更加剧烈了。

"脏女人，以后不要再来找我了！"二十七岁的徐冲，这样说。

眼前的这个男人，青黑色的胡茬儿布满下巴，深凹进去的脸颊，光秃秃的头顶，还有完全跟不上时代的旧款花衬衣，一根早就磨破了皮的腰带束在腰部，末端并没有严谨地扣好，而是支棱在外，怎么看也不像当年的徐冲。

他才没有这个心思打理自己的仪表。

更准确地说，他才没有心思打理生活。

半年前，徐冲家里的生意因为一宗商业诈骗案而彻底垮掉，徐冲的母亲被抓进了监狱，父亲跑了路，直到现在都不知道躲在了哪里。由于怕引火上身，徐冲造了虚假的身份证，偷偷在寰宇大厦旁边的老楼底层开了一家很小的小卖部，主营小型日用百货，还偷偷地卖着乐透彩票，赚的钱不多，但勉强够维持生计。

林汐阳从沙发上回过神时，已经过去了五分钟，她捋了捋被打乱的头发，拎起包，想要离开房间回自己的公寓。

她当然不敢跟有嫌疑的诈骗犯住在一起了，事实上，她是被脾气逐渐变得暴躁的徐冲赶走的。就在诈骗案刚有风吹草动的时候，徐冲就主动和林汐阳离了婚。颓丧又焦虑的徐冲，说什么也不肯让林汐阳留在身边，整日躲在一间小平房里，抽假烟，喝假酒，等待死亡那一天的到来。

起初的时候，林汐阳说什么也不走，她绝不是落井下石的那种人，也绝不嫌弃现在身无分文的徐冲。爱一个人，是爱他全部的状态，关于陪伴徐冲重新站起来这点，林汐阳没有一点犹豫。

只是徐冲变得越来越易怒，甚至还向林父和林母出言不逊，最后在林父的坚决要求之下，林汐阳才和徐冲分开了。她一个人搬到了另一个地方，但即便如此，仍隔三岔五就要来徐冲这里看看，帮他收拾房间，或者就单纯地陪陪他。

虽然每次来都得不到好脸色，就像这次一样。

"你回去吧。"徐冲的眼睛红红的，连同脸上的红血丝和红血管，一起偾张着压抑了许久的痛苦。

林汐阳缓了缓，站起身来，一声不吭地往外走。

他是怎样把日子一步步过成这样的，林汐阳心里默默想。

他明明可以想想办法，或者至少积极一点，而不是每天用香烟和酒精麻醉自己。

这已经不是当初认识的那个徐冲了，他绝不是足球场上那个不认输的男孩。

想到这，林汐阳晃了晃头："乱想什么，我们曾经那么相爱，我不可以放弃他。"

她没什么地方可去，无非就是回到自己的公寓。

林汐阳住的地方也好不到哪里去，一栋不高的楼，外表由于年头过久，已经被风雨侵蚀得斑斑驳驳。一层有二十几户人家，走廊里大多数的灯泡都是坏的，根本就没人来修过。

这里住着初来北京打拼的北漂，住着浓妆艳抹的小姐，住着退休没人照看的孤寡老人，住着和林汐阳一样隐姓埋名的陌生人，他们每个人都有一段故事。

然而这个城市，根本不想倾听。

"那个混蛋动手打你了？"陈诚皱着眉，拧干浸过冷水的毛巾。

林汐阳没有说话，接过毛巾，敷在了被打肿的脸上。

"我找他算账去！"陈诚气得脸通红，他早就受够了这个颓丧又自甘堕落的男人了。

"别。"林汐阳一手拉住他。

"他都动手家暴你了啊！"陈诚说。

林汐阳又沉默了一阵，然后用没有肿的那侧脸，发出微微的声音："他不是故意的，他没忍住。"

陈诚把头埋在手里一顿揉搓，然后起身打了一拳坚硬的墙壁，手指瞬间就红肿了起来。

"我不怪他的。"林汐阳继续说。

其实这半年来，林汐阳早就可以和徐冲说再见了，毕竟现在的他是如此糟糕，更要命的是，他没有一丝想要好好活下去的想法。

葛小蕾和冯燕都劝过林汐阳放下。

谁还没爱错过一个人渣，谁又没在夜里独自哭过？爱错了的，把爱当作是给青春期交的学费就是了。人最重要的，就是头发甩甩，大步地走开，不要怜悯心里的小小悲哀。

然而根本不听劝的林汐阳，仍然一直偷偷地去找他，帮他打扫住的地方，偶尔谈谈话劝他重新做人。每次遇到一盆泼来的冷水，林汐阳都对自己说："原谅他，再给一次机会。"

但在徐冲的世界里，他没有错，他才是最委屈的那个。所以这半年时间里，他抽烟酗酒，头发也因此掉得飞快，干脆去理了个光头。从住在别墅，到蜗居在这逼仄的小空间里，能坚持活下来，确实已经不易。

可林汐阳过得也并不轻松，为了回避徐家金融案的关系，她给自己起了一个艺名，叫"忘忧草"，在一家酒吧里做晚间的驻唱歌手。做驻唱歌手这个决定，是陈诚帮她做的，他一直鼓励着林汐阳坚持自己唱歌的梦想，说她早晚会成为巨星。

兜兜转转这么多年，还是当年那个气得要闹绝交的陈诚帮了她。

陈诚说，早就看徐冲这小子有问题，迟早会出事，可就是怎么也劝不动林汐阳。他一直没搞懂徐冲好在哪里，尤其是现在，整天一副颓丧烂醉的模样，体态面容都走了形，换作另一个人，多一分钟也不会为他留下来。

可林汐阳就是这样一个痴情的人，五年前决定爱了，五年后，就仍旧要在他身旁。

"答应我，别傻了，他不值得你这样。"陈诚转过身，用手按着林汐阳的肩膀说，"你可以和我去长沙参加选秀比赛，我有信心你能胜出，到时候你就成了家喻户晓的大明星，再也不用过苦日子了！"

林汐阳把手巾丢到冷水盆里，示意陈诚再帮忙换一下。

"哪有那么容易？"

"虽然你的烟嗓和你看起来不搭，但说不定这种反差感会有奇效，我有信心把你捧红！"陈诚越说越激动，仿佛发现了另一片天地。

其实这几年陈诚混得也不好，前前后后在几家唱片公司打杂做临时工，赚得很少。目前他声称自己的工作是歌手经纪人，但实际上没有一个歌手跟着他。

是啊，才短短不到十年的光景，就已经彻底物是人非了。

人生就像一个诡谲的魔术师，它肆意而任性地摆布着每个人的生活，更可悲的是，对于每一个人的结局，它才不会管你是否同意。

"我不去。"

林汐阳轻声说。

Chapter 05 🌙

再见到林汐阳时，她的脸已经完全恢复好了。

"妈的，怎么才告诉我！我去打烂他的脸！"葛小蕾皱着眉。

林汐阳一把拽住了她，就像当年读大学时很多个拦住她和教导主任吵架的场景一样。

"我没事。"林汐阳说。

葛小蕾捅了一下陈诚："你说说她啊，这么忍气吞声算怎么回事儿啊？这都动手打上了，后面不得拎刀啊！"

她知道，作为发小，林汐阳很听陈诚的话。

见陈诚没什么反应，葛小蕾轻声嘟囔着说："没嫌弃他现在活成了一副什么德行就算了，他怎么还蹬鼻子上脸了？"

林汐阳没有过多的表情，冷淡得一如既往，除了脸色更加惨白之外，和平常没什么不同。

"你不懂，徐冲不是故意的，他不是你们想的那种人。"

"那你说，为什么打你？"葛小蕾把气氛推向更紧张的地步。

林汐阳伸手给他们倒了杯水，她可不想朋友因为自己的一点小事就情绪激动成这个样子。

"我们之间产生了误会，不过这没什么的，误解都是正常的。"林汐阳把水递给葛小蕾，接着解释说，"陈诚一直鼓励我去参加选秀比赛，可我连把像样的吉他都没有，所以我就想着凑钱买把吉他。"

"然后呢？他不给钱，还打人？"葛小蕾抬高了声调。

林汐阳继续解释说："不是，我没有跟他要钱。是我跟酒吧老板求情，让他提前给我预支了两个月的工资去买吉他，于是突然多了这笔钱，徐冲误会了……"

说到这里，她有些难为情，停了下来。

"徐冲以为，我是做……那个去了……"林汐阳抿了抿嘴唇，她也知道这种猜忌有多可笑，但又想保护徐冲，于是补了句，"毕竟突然多了一笔钱嘛……"

葛小蕾一下子就爆发了，她推开林汐阳，朝着她大声地喊："什么？他妈的一个秃头穷光蛋怀疑你在外面做小姐赚钱？"

她面部开始扭曲，五官和表情拧在一起，看样子是被气得不轻。

"我去他大爷的！婚都离了，还管那么宽？再说了，就他每天要死不活的样子，有什么资格管你！"说着，葛小蕾就卷起袖子，毫不夸张的是，陈诚都往旁边退了退。

"别说了，徐冲真的不是故意的，他就是情急之下才会说出那样的话，他……"林汐阳一边为徐冲辩解着，一边拉着葛小蕾要她别冲动。

她根本不想朋友为自己担心，更不想因此再惹上什么麻烦，于是推搡着前来探望自己的两人，自我安慰地和他们说——我真的没事。

从葛小蕾踏进门到现在，还不到十分钟，转眼就要被赶走了。她一任性，自己拿起名贵的包，撂下一句"你真的是又可怜又可气"后，就转身走了。

等葛小蕾"咣当"一声摔上门，林汐阳低着头，对陈诚说："你也回去吧。"

她一定知道自己的软弱让朋友失望了，因此她绝没有脸面抬头看他们。

这时候的天色是昏沉的，风却是热烈的，周遭世界没有一丝生气。树在剧烈摇摆着，它们仿佛也在跟着嘲笑，不知名的飞鸟在窗外鸣叫，它们像是在烦恼地争吵。

然而林汐阳感觉此刻静极了，静到她可以清晰地听到，陈诚走过来的脚步声。

她的余光可以瞥到他就在面前，而他保持沉默。

他什么也没有说。

忽然，他抱住了她。

陈诚的呼吸很轻很缓，几乎是匀速的，他把林汐阳抱在怀里，紧紧地。

林汐阳没有一点动静，像是怔住了。

周围的空气在这一刻开始汇聚，凝结，压缩，它们变得越来越稀薄，周围像是有无数根燃烧着氧气的蜡烛。

墙上的钟表似乎发出比往常都沉重的声响，绝不是滴滴答答的。

林汐阳的耳朵刚好到陈诚胸腔的位置，隔着很近的距离，她听到怦怦的心跳声。她甚至可以想象到，此刻陈诚一定闭上了眼睛，他的睫毛长长地下垂着，温柔而深邃。

"我听到了心怦怦跳的声音，是你的，还是我的？"陈诚轻声问。

林汐阳吞了吞口水，她没有回答。

陈诚把她抱得更紧了。

然后，他突然用嘴唇，吻了她的耳朵。

她没有说什么。

也没有任何动静。

Chapter 06 🦀

十月的北京已经有些寒冷了，似乎已经提前进入了冬季。

以往的冬天里，徐冲通常都只穿一件薄薄的皮衣，因为他要么在室内，要么就在车里，不需要和严寒抵抗什么，虽然林汐阳总会说，老了后身体会落下毛病。

然而这个冬天，徐冲似乎很难熬过去，就算穿得再厚，还是会觉得很冷很冷。

"感觉熬不下去了。"徐冲小声地自言自语。

他的声音基本小到听不到，因为门外传来了女邻居大嗓门的声音。

"来啦！看不看电影，今天放《甲方乙方》！"

随着女人的嚷笋声，林汐阳走进了徐冲的房门。

她先是在门口愣了愣，眼神躲闪了一番，显然是不知道要以什么样的方式开场。

索性还是老样子吧，帮他收拾房间。

林汐阳把包放下，在窄小的过道上开始收拾杂物。

地上有掉落的记账本，有喝完的啤酒易拉罐，有抽完的烟蒂，有没中奖的乐透彩票，还有破了洞落单的袜子。椅子上面摆满了衣服，乱七八糟。

她先是把所有的衣服都放在床上，然后开始一件一件整理——抖落，平铺，折叠，像当年在大学宿舍里收拾衣物一样。

"我自己弄。"徐冲终于开口了。

林汐阳晃了晃神，他竟然没有喊她的名字，也没有说一声道歉的话。

她微微停顿了一下，把因弯着身子而散落下来的头发往上别了别，就又继续收拾起来了。

"我自己弄。"徐冲说。

林汐阳停下了手里的活，看着躺在床上的徐冲，胡茬儿格外多，该是几天都没有洗脸了。

"货都清点了吗？卖得好吗？另外，彩票不要卖了。"

看着林汐阳没脾气，徐冲反而又要开始发怒了，不知道是不是一小时前那几瓶啤酒奏了效。

"不是说了让你走吗？你怎么就那么贱呢！"他的语气比以往更重了。

又是一句很难听的话。

"去冲个澡吧，然后把货打点打点，我看门口有新到的货，不然时间久了，货少了都说不清楚。另外，把手里的乐透彩票卖完，就别再进了，咱没有那个经营资质。"林汐阳继续说。

徐冲踢了一脚林汐阳放在床上的衣物，它们掉落在了水泥地上。

林汐阳不再坚持了，和徐冲说："我要去长沙一段时间。"

她并不想分手，也并无他意，只是在陈诚的劝说下，准备到长沙去参加选秀比赛了。她选择信一把陈诚，也选择赌一把命运，人生能不能逆风翻盘，就看这一次的选秀比赛了。

"我去参加比赛，两个月不到就回来，你好好的，我得空了就给你打电话。"林汐阳说。

徐冲紧闭的双眼，微微地颤动。

长沙的一切都很陌生，但这里没有北京那么冷。

陈诚带着林汐阳填好了报名表，又以经纪人的身份跟选秀节目的导演们保证，林汐阳一定会大红大紫。

那天晚上他俩选了旅馆楼下的一家烧烤店，点了两大份小龙虾，三十串烤牛肉，还有四瓶啤酒。小龙虾满满一盆，佐着红色的辣椒，红艳的色彩像是毒药的信号，那里仿佛浸泡着另一个热闹的花花世界。

欲望，喧嚣，光，步子，迷失。

"为未来的大明星干杯！"陈诚和林汐阳的酒杯一撞，啤酒沫就从杯壁溢了出来。

"干杯！"

林汐阳露出了久违的笑容，她似乎很久没有这样开怀大笑过了。

那晚他们在酒精的作用下聊了很多，关于儿时的青梅竹马，关于成长的一切烦恼，关于大学时候的赌气，关于陈诚对徐冲的不满，关于命运的不公，关于还想奋斗的不认输。

直至夜里十一点，两个人都已经有些微醺了，陈诚手指着天上的月亮："你林汐阳如果想要月亮，我陈诚马上就给你摘下来！"

他摇摇晃晃的走路姿势，早就表明了他的醉意。

林汐阳扶着头昏眼花的陈诚，一步一步走到旅馆。旅馆很破，一晚上一百，两个人房间相邻，也算有个照应。

林汐阳把陈诚扶到房间门口时，已经快没力气了，她瘫靠在墙壁上。

"你喝多了，早点休息吧。"林汐阳说。

"我清醒得很！"陈诚指着她，"你是林汐阳，我一直喜欢的林汐阳！从小时候我就喜欢你，但是当年你爸妈担心我们早恋，特地约我谈了一个下午，暗示我说，你长得那么漂亮，日后得嫁个好人家！"

林汐阳赶快打断陈诚："你喝多了。"

陈诚一把搂过来了林汐阳，大声地冲她喊："我这么多年摸爬滚打，就是想混出个样子来给你爸妈看，告诉他们，我就是好人家！我可以好好照顾你！"

可能是因为情绪激动，说完，他的眼神就开始飘忽不定，说话也断断续续。

"你，回房间睡觉去……我一点儿事儿也没有！"

"不许……"

"扶……"

"我！"

陈诚推开林汐阳，执意要表明自己没事。

门要被缓缓关上了。

就在要彻底关上的那一刻。

"等一下。"

"嗯？"

林汐阳忘不了那天晚上的月光，因为它就残酷地洒在她的背上，像极了大一那年走在成礼大学澡堂旁的小路上。

月光是这样残酷，它似乎也想偷窥似的，让这一切暴露无遗。

她用力地扯了一下窗帘。

她羞愧，她无耻，她悔恨，她心虚，她自责。

然而她无法控制此刻的自己。

摇曳的光亮透过被拉上的窗帘，晃荡在陈诚的背上，他赤裸着上身，眼神迷离地盯着她看。陈诚随手点起了一根香烟，香烟以缓慢的速度燃烧，即便窗外有杂音，依然可以听到烟草被烧成灰烬的噼里啪啦的声音。

陈诚没有说话，也没有露出什么表情，他一边脱掉裤子，一边继续抽完那根烟。烟雾绕成一个又一个圈，团团散散在两人之间的安静里。

林汐阳感到了恐惧，那种恐惧并不来自陌生，而来自对自我的怀疑和拷问，她记起了陈诚曾经在大学里说的——"人最怕的就是善变。"

她甚至感觉到徐冲就在他们的身旁，他似乎就在默默无声地盯着看。

林汐阳平躺在床上，伸手抓起了一件薄衫，遮住袒露着的胸，陈诚拨开薄衫，顺着她的腰，一直抚到她的脖颈，轻轻地。

林汐阳闭上了眼睛，嘴角慢慢上扬。

没多久，一颗眼泪就从眼里划落。

Chapter 07

再醒来的时候，已经天光大亮。

陈诚已经洗漱好，准备穿衣服出门，看到林汐阳醒了，也没多说些什么。

"我要去看房，总住在这旅馆不是个事，你马上就要红了，我们从各个方面都要做好准备，现在有些记者坏得很。"拿好烟，他就走出门去。

林汐阳把头蒙在被子里，用力地感受着命运的荒唐。

是冯燕打来的电话。

"到长沙了没？"电话那端的人问。

"到了。"林汐阳回，"不过，你怎么知道我跑长沙来了？"

选秀的日程被安排得很满，林汐阳在海选中一路过关斩将，顺利通过初选，进入百强。忙碌的时候，就去排演曲目，抽个偶尔的空闲，她和陈诚也会在路边的小饭馆、电影院或商场里约会。

一个离过婚的女人，好像重新沉浸了初恋的美好里。

如果硬要说有一些不满的，那便是陈诚没有和她同居，而是给她单独租了一个房间，自己则住在另一个地方。虽然林汐阳觉得怪怪的，但为了未来长远的发展，她还是答应了陈诚的安排。

她基本上都听他的，连同自己充满奢望和假想的未来，都交给了他。

在长沙的日子，绝不算容易的，林汐阳陪过很多次酒，最过分的一次，有个大赛评委的助理，要对林汐阳动手动脚，她站起来就想破口大骂，但是被陈诚按下了。

他在她的耳边大声喊着："还想不想晋级？你就快成为真正的明星了！"

KTV里震耳欲聋的音乐声淹没了陈诚的话，林汐阳想起，分明是陈诚曾经冲着自己大声说："人最怕的是善变。"

这是其中的一次争吵，为了这个事情，林汐阳和陈诚冷战了四天。

另外一次争吵和冷战，比这次还要离谱。林汐阳在赛区里看到了葛小蕾的名字，她画着精致的妆容，用一口清亮的嗓音唱歌。

在异乡遇到旧识是一件无比激动人心的事情，她仿佛找到了繁忙训练和紧张比赛中的一点慰藉，然而陈诚并不让她接近葛小蕾。

"你们是竞争对手，你要对一切都保持冷静和理性，赛场上没有友谊，只有输赢！"陈诚每次对付林汐阳的办法都很一致，那就是跟她说，"我是为了你好，是为了我们的未来。"

林汐阳当然痛苦过，当然犹豫过，她知道自己一直在犯错，但是没办法，生活从不给老实人哪怕多一个的选择。只要一想到陈诚每次充满期待的眼神，她就又有了逆行而上的力气。

于是当葛小蕾热情地跑来打招呼时，林汐阳都待她生硬而客套，她自己都能感受到笑容是多么虚假。葛小蕾当然知道这其中的意味，只是不知道，这一切的幕后指使者，是陈诚。

"进前二十了，林汐阳，现在的你要更专注，更努力，现在葛小蕾的人气比你高很多，你要沉住气，对自己有信心。"这是陈诚最后一次见林汐阳和她说的话，说完这句话，他就以"避免分心"为由，再也不见她了。

她也打不通他的电话，仿佛全世界忽然停电了一般。

林汐阳一点底也没有，她总觉得有一天，天会塌下来。

这期间，冯燕常打电话来，林汐阳和她说着发生在这里的一切，关于激烈的淘汰，关于紧张的训练，关于肮脏的规则，关于很多很多的不开心。

"我仿佛要拥有着，也好像正失去着。"

比赛越来越残酷，葛小蕾凭借着出色的个人条件，成功地以排名第一的好成绩闯进了决赛，她是当下最热的选手，几乎是一夜间家喻户晓，成为万千粉丝追捧的对象。

林汐阳发挥平平，勉强以最后一个名额挺进前五名。决赛将在一天后进行，选手们没有休息的时间。

临近傍晚，林汐阳的电话响了，是冯燕打来的。

"怎么样，大明星，紧张不紧张？"

"别提了，紧张死了。"

电话那边的冯燕发出爽朗的笑声："你别说，你在电视上看起来还真的有模有样的！"

几声寒暄过后，冯燕要挂电话了，林汐阳的那句"徐冲怎么样"，始终没说出口。

挂掉电话的半分钟后，铃声又响起来了。

林汐阳拿起电话就要问冯燕关于徐冲的近况，结果看到手机屏幕上大大的"陈诚"两个字。

林汐阳回了回神，接通了电话："我快紧张死了，我现在——"

还没说完，电话那端的陈诚就催促她快点出门，准备到老据点陪酒，说是对决赛至关重要。

说实话，那一刻的林汐阳有点失望，她仿佛觉得自己一路追逐的东西，都在瞬间瓦解掉了。

苦苦追寻的，都是些什么呢？

死死不放的，都有必要吗？

热烈期盼的，都还依然在吗？

推开KTV的房门，嘈杂的音乐声响扑面而来。

"来啊，汐阳！"一个评委抽着烟，眯着眼，朝她挥挥手。

林汐阳露了露尴尬的神情，走进了房间，一屁股坐在了陈诚旁边。

评委的眼神变得犀利，陈诚会意后，赶快就起了身，然后故意把位置留给了评委，他扯高了嗓子说："我来点首歌唱！"

不知道是因为房间里的烟雾缭绕，还是因为最近的睡眠太少，林汐阳有些恍惚。一瞬间，她看着眼前这个男人，和从小就认识的那个固执地坚守自己、守护单纯小世界的陈诚，一点也不像。

她仿佛不认识他了，这种感觉，如同失去。

没给她太多时间思索，评委递来了一根香烟，硬生生往林汐阳嘴里送。

"抽一根，吐口烟给我看看！"评委的脸通红，瘦削的腮帮显得有些可怖。

林汐阳有礼貌地笑了笑，婉拒了。

"抽一口！给你加一分！"评委用一只手野蛮地搂住她的脖颈，笑声里都是玩弄的意味。

林汐阳接过烟，顺手就掐灭在了桌角上。

评委的眉毛一下子就横了起来，他愤怒着，直接把身旁人嘴里抽了一半的烟夺过来，递给林汐阳："不抽一口，扣你十分！"

林汐阳感觉到自己要掉眼泪了。

然而一旁的陈诚却在摇摆着唱着歌，完全当作没有看到这里发生的一切。

他唱着周华健的《忘忧草》——

让软弱的我们懂得残忍

狠狠面对人生每次寒冷

依依不舍的爱过的人

往往有缘没份

美丽的人生善良的人

心痛心酸心事大微不足道

来来往往的你我遇到

相识不如相望淡淡一笑

忘忧草忘了就好

梦里知多少

林汐阳接过烟，用力地吸了一口。

在一群男人的欢呼声中，陈诚的歌声被盖了过去。

酒杯碰撞的声音，混杂的音乐和歌声，玩着猜拳游戏的大吼声，充斥在这个小小的包房里。

灯光忽明忽暗地闪烁着，好像有明亮的希望，也有阴暗的悲伤。

林汐阳忽然感到有什么东西碰到了自己的腿。

她冷静了两秒钟，没错，确认了是一个男人的手。

他的手从林汐阳的腿底开始往上抚摸，一阵麻酥酥的羞耻感一下就涌上了脸。

林汐阳试图把男人的手挪开，没想到他反把林汐阳的手握得更紧了。她往左边挪了挪位置，想隔出来一点空间来，可男人的手一下子又跟了过来。他越来越过分，过分到就要把手伸进林汐阳的衣服里。

腾地一下，林汐阳站了起来。

她准备离开这个肮脏的地方，却没想到被陈诚按了下来。

"竞争压力太大了，放松一下没什么事的，放轻松啊汐阳！"

陈诚虚伪的笑容像极了匕首，一下子就刺中了林汐阳的心脏。

男人见她这副无趣的样子，一下子就没了兴趣，起身走到角落里，和另一群低着头的男人为伍在了一起。

他们低着头，围着彼此，严丝合缝到看不出他们在做什么。

陈诚也是从这些人里走出来的，他的嘴角，甚至还有白色的粉末。

"陈诚，你在做什么？那是毒品吗？"

林汐阳的眼泪唰地就流了下来，她拉着陈诚的手把他带到了KTV的包房外。

"陈诚，你听我说，这个比赛我们不比了，我们现在就走，我们去成都，去南京，我们可以去很多很多地方，我们不要再在这里犯错了！"林汐阳大声喊着。

陈诚一把推开了她："我们根本就回不去！我们根本就没有退路可走！"

林汐阳仿佛看到了一个美好世界的崩塌，这里肮脏的一切，无一不在挑战着她的底线。

"你知道刚才那个男人是谁吗？那是整个比赛主办方的老大！委屈一下能怎么样！就这一晚上委屈能怎么样！不想要'好人家'了吗！"

冲着林汐阳喊完，一个转身的工夫，他就又冲回小包间里去了。

门缝被关上后，屋里传来的音乐声又小了下来。

林汐阳红着眼睛往外走，和她以相反方向擦肩而过的，是葛小蕾。

葛小蕾径直朝房间走去，并没有和她说一句话。

她一路都在想，生活的陷阱就像迷雾，总给人自以为是的幻觉，看似改造着自己就能变得更强大，但若丢了初心，一切都毫无意义。

这就好似，后来的我们什么都有，可却没了后来的我们。

Chapter 08 ☀

镀光灯，舞台，监视器，倒计时，随着音乐声起，整个决赛拉开了序幕。

林汐阳在后台紧张地准备着，她小声祈祷，一定要顺利。

不知道因为什么，节目组的导演临时通知，调整了所有选手的顺序，大热选手葛小蕾被延后出场，安排在了第五位，而林汐阳则被提前出场，安排在了第一位。

"我现在就上吗？"林汐阳还在一头雾水中，就被导演们架着上了后台。

"就是你，快点准备出场了。"现场导演根本没有看她一眼，而是直接拿着对讲机。

"灯光准备，调暗，音乐老师准备，主持人准备。五，四，三……"

林汐阳可以听到自己巨大的心跳，她的脑海里出现了一句话——

"第一句歌词是什么来着？"

随着灯光变亮，林汐阳的身影变得清晰起来，她演唱了一首赵传的《我是一只小小鸟》，悲痛里有希望，而希望又被生活扑灭。

她的脑海里闪回了很多片段，仿佛在舞台上又把这一生过了一遍——

读中学的时候，有同学嘲笑她家里的条件差，从此以后，她最怕的就是别人看不起自己，于是她把自己包裹得像一只刺猬一样，寡言寡语地活在自己的世界里。

可是到了大学，世界好像突然被打开了天窗，一时间所有复杂的、梦幻的、诱人的、失真的现实，都如洪水一般涌了进来。林汐阳在徐冲身上看到了从小就缺失的那种安全感，她也承认这是物质带来的宽慰，于是在徘徊中和徐冲开始交往。

毕业后，好几年的时间里，她都感受着物质带给她的幸福感，她再也不是灰姑娘，直到徐家出事。在出事前夕办理离婚手续的那晚，她哭得像极了小时候的她，仿佛是一夜间丢了水晶鞋的公主，眼前漆黑一片。

在那充满磨难的半年里，她仍然爱着徐冲，尽管他早就不再是自己曾经喜欢的样子了。再后来，徐冲动手打了她，在潦倒生活里找到希望不容易，可失去平衡却很简单，她终于有些忍受不住生活的打击了。

所以当陈诚抱住并亲吻她的时候，她没有做出反应，只是在心底里挣扎，关于道德、责任、人性，还有可怜、可恨、贪婪的欲望。

如果说离开北京的时候还没有做好决定，那么到了长沙，她似乎就已经发生了动摇。爱是多情的种子，是魔幻的迷药，是一切的解脱和罪恶，爱是自由，爱也是无知，爱是不管不顾的疯狂迷路。

只是当一路风雨闯荡过后，可还认识那个最初的自己？

"汐阳，汐阳？"主持人叫醒慌神中的林汐阳，"感谢如痴如醉的演绎，我们似乎都能感受到林汐阳已经完全沉浸在了刚才的演出里。"

被唤醒的那一刻，她才彻底清醒过来，她一路都在错。

错把激情当爱情，错把陪伴当厮守，错把欲望当梦想，错把变质当成长。关于动摇的决心，关于错误的纵容，关于真相的误判，她全然都错了。

"汐阳，接下来是你的竞赛宣言，你今天要挑战的是葛小蕾。"主持人面露笑容。

林汐阳站在偌大的舞台上，灯光打在眼前有些刺眼，观众席像魔幻的未来一样明明灭灭，捉摸不定。

她拿起话筒。

"曾经我有一位很要好的朋友，他一直以来都在告诫我，人是善变的。我以这句话告诫自己，勿忘初心，因为坚定地守护自己，远比变成另一个样子要难得得多。

"可后来我为了名利、为了欲望、为了前进而不断改造自己，变成了看似更华丽的样子。可如果人活着不能成为自己喜欢的模样，这是多么可悲的一件事。

"我想和所有的年轻人说，我们都会有被蒙蔽双眼的时刻，因为一些表面的浮云而失去初心。乱花渐欲迷人眼，当心灵蒙上灰尘后，我们便不再拥有最初的美好。"

主持人意识到情况有些不妙，连忙抢过话头："我想汐阳的才华不止是在歌声上，还有文采……"

还没说完，林汐阳就拿起话筒继续说："我还曾有过一段五年多的感情，我挚爱着他，却又放弃了他。我一直都觉得是他变了，可是回过头看，是我变了。"

主持人已经要来抢林汐阳的麦克风了，但是突然，他听到一个声音。

"我宣布，我退出比赛。"

说完，林汐阳走下舞台，主持人慌乱无比地听着导播在耳麦里声嘶力竭地谩骂，不知所措。

躲在一个没人发现的角落里，林汐阳拿出手机，按下了三个数字键——

"警察同志，请帮帮我的朋友，把他从吸毒的深渊里拉回来。"林汐阳哭着说完，要知道做出这个决定，她下了多大的决心。

随后，她写了　条短信发给陈诚，短信上说：

"陈诚，我们都错了，但我们都有改正的机会。我会回北京向徐冲坦白这一切，我也会承担这一切的后果。愿你也一样，迷途知返，可以重新来过。"

泪水一时间模糊了双眼，她似乎看不到一点未来的模样，由于哭泣的力度太大，假睫毛已经脱落了。不知道过了多久，她拖着凌乱的头发，穿着华丽的演出服饰，一步一步，挪向比赛场馆外。

等她走出场馆，外面的彩霞美得不切实际，一抹热烈的红色烧透了半边天。天空看起来那么辽远，深邃，但却充满希望。不时有一群飞鸟掠过，它们在夕阳下的身影很暗很暗，一定有落单的那个，一定有悲伤的那个，一定有无助的那个。

可它却不能停止飞翔。

这是它的悲哀，和林汐阳一样。

Chapter 09

从场馆的后门出来，停满了演职人员的车，林汐阳走着，感到有什么东西落在了头上。

她有不祥的预感，随即抬起头，用手摸了摸。

是鸟粪。

或许是落单的那只鸟的。

抬头的瞬间，她仿佛在一辆车里看到了熟悉的面孔。

忽略手里的鸟粪，她仔细看了看，是葛小蕾和陈诚。

他们在车里热情地相拥，激烈地吻，构成着此刻格格不入的一幕。

她的心像塌陷了一般，以巨快的速度飞速下坠。原来值得悲伤的事情，除了那些，还有这些。

生活总是一地的鸡毛，却从不给掸子让你打扫干净。

林汐阳一定明白，葛小蕾的前途无量，陈诚在这时候一定会选择她。只是她不知道，其实从最开始来长沙的第二周，他们就已经在一起了。这也是为什么陈诚坚决要分居，且到后来很少联络的原因。

她们俩是陈诚的两个对未来生活的赌注，从林汐阳拒绝评委助理的那一天起，陈诚就明白了自己的天平该往哪一边倾斜。

她怪他，也不怪他，毕竟他们曾是一模一样的人。

陈诚心里的不安和自卑，林汐阳一直感同身受着，他们就像两个一模一样的怪物，抓伤了彼此，然后再舔舐着彼此的伤口。

林汐阳任凭滚烫的眼泪汹涌地向下流。

车里的葛小蕾似乎看到了林汐阳，立刻和陈诚停止了所有的亲热，他们整理好衣服，走下了车。

逆着光的葛小蕾格外美丽，她漫不经心地整理着散乱的头发，没有说一句话。

林汐阳的手慢慢攥紧，团住，仿佛全身的力量都在向这里汇聚，支撑着她，不要倒下去。

要打他吗？打过之后，就永不再见了。

一拳，还给他的欺骗。

随后警察就会把他带走。

林汐阳慢慢举起颤抖的右手，她哭得更凶猛了。

忽地，有人从背后拉住了她举起的手。

林汐阳转过身，一个秃头的男人站在那里。

他傻兮兮地笑着。

"汐阳，我为你骄傲！"那个男人傻笑着说完，他把背在身后的另一只手抽出来，一把崭新的吉他出现在眼前。

"货我都清点好了，数没少，放心啊！这吉他是我攒钱给你买的，我知道你喜欢。"

"你？怎么在这……会出现？"林汐阳完全愣住，语无伦次。

徐冲挺了挺胸膛，颤抖着声音和她说："我是想郑重其事地跟你道个歉，然后把你重新追回来！曾经，我一度觉得自己失去了家产，流落街头，我根本不配带给你幸福。于是我每次忍着巨大的痛苦跟你发脾气，就是想把你硬生生地赶走！

"计划动手打你的前一天，我失眠了一整夜，那是我最后的底线了。每一次把你骂走之后，我都哭得撕心裂肺……"

他抹了抹滚落的热泪，红着眼眶继续说："我一直以为爱是放手与成全，但是现在的我明白了，爱不是软弱，爱是要让我更坚强！

"我已经重新振作起来了。这段日子里，我很努力地经营小卖部，现在小店特别好，甚至我还招来了一个帮手，我计划着明年就去盘个大点的门店，慢慢做起来！还有，没资质的彩票我再也不卖了！"

原来，徐冲每一次的脾气背后都是他痛苦的策划，那个寒冷的十月里，"再也熬不下去"的是他的心理防线；

原来，满脸胡茬儿脏兮兮的他不是颓废地没有洗脸，而是熬了四个通宵拼命进货卖货，攒钱给林汐阳买吉他；

原来，冯燕的每一个问候电话，都是徐冲让她打来的，因为从恋爱开始，他就没让林汐阳落单过；

原来，在冯燕那里得知林汐阳在长沙过得并不开心，他第一时间就买了车票，辗转着一定要奔向她；

原来，小卖部改名为忘忧草，每一位进店的客人，只要在选秀节目里给林汐阳投一票，就可以优惠一块钱。此外，他还拿着自己画的宣传单，到处去拉票，直到林汐阳晋级决赛。

……

林汐阳哭得完全失去了力气，她一定可以猜测到现在瘦骨嶙峋的他有多努力，也一定可以猜测到，这次为了不被警方发现，从北京赶来长沙，他辗转坐了多久的长途汽车。

"每到一个城市我就换一个大巴，生怕被人认出来，这一趟下来坐了三十多趟大巴车，坐得我都瘦了。不过没关系，再过几年我的身材再走走样，就彻底能坐火车或者飞机了，到时候我满世界追着你的演唱会看！"

徐冲傻嘿嘿地笑着。

夕阳下，林汐阳失声痛哭。

Chapter 10 👑

没多久，鸣着警报的警车就到了现场。

他们带走了一个秃头的男人。

Chapter 11 💭

三个月后，徐冲的案子被彻底调查清楚，虽然徐父、徐母的行为，徐冲部分知情，但徐家的诈骗案与他无直接关联，且徐冲并无帮替父母销毁证据等行为。综合考量，徐冲无罪释放。

待在监狱里的，还有另一个男人。

而林汐阳，由于在选秀节目里的坦诚表现，她彻底火了一把，风头甚至盖过冠军葛小蕾。她被很多大型音乐公司挖掘，还有很多工作机会向她递来橄榄枝。

但这些都被林汐阳拒绝了，她白天在徐冲的小卖部里卖货，晚上就到酒吧快乐地驻唱，她有一首原创的歌曲，叫《勿忘初爱》，火遍大江南北。

那首歌这样唱着——

请别再耍赖说好了相守直到年迈
不会再走开天涯海角你放心我在
受遍了伤害才懂得勿忘最初的爱

"我要活成我自己，并握住稳稳的幸福。"她说。

"TA想对你说   林汐阳"

　　我曾迷失过自己的方向，不知什么才是自己想要的生活，哪里才是该追随的远方。可后来的我明白了，人是需要信念和坚守的。每当遇到岔路口的时候，我都会跟自己说，人的一生很短很短，或许我们很难取得耀眼的成就，但有一件事，我们都可以做到——

　　听从内心真实的声音，活成自己喜欢的模样。

F D　　I'M NOT AFRAID.

05
没有第七次争吵

当再也不需要患得患失地猜测对方是否真的
喜欢自己时，
爱情丧失了一半魅力。
它得到了彻底的确认，
却因此而变得无趣。
它拥有着绝对的安全，
却也因此变得危险。

Chapter 01

"讲完了？"

"讲完了。"

"就这样?"

"就这样。"

冯诺诺讶异地看着坐在对面的覃静初，她格外冷静，气色看起来也很不错，怎么看都不像当年那个动不动就哭哭啼啼跑来找自己的小女生。

"就这样分手了？"冯诺诺睁大了浑圆的眼睛，她简直不敢相信，曾经把男朋友视为全世界的覃静初，竟然会主动提出分手。

要知道，从过去的经验来看，这跟要了她的命没什么区别。

覃静初一手拄着侧歪的头，一手拿起铁制的叉子，朝着沙拉盘漫不经心地插下去，串起各色式样的蔬菜，然后张大嘴巴，把沙拉菜送进了嘴里。

她的腮帮子有规律地咀嚼着，随即耸了耸肩，做出一个并没有什么所谓的表情。

"之前你们大吵了六次，也都没分手，这次是怎么回事啊？"在过去的五年时间里，作为最好的朋友，冯诺诺一直见证着覃静初的爱情，虽说矛盾的裂痕时隐时现，但总归是都挺过来了。

"因为不想吵第七次了。"覃静初依然平静。

她又把叉子插向蔬菜叶，铁制叉子触碰到瓷盘底的瞬间，发出刺耳的声响。

"为什么啊？"

"'七'听起来多不吉利啊，算了算了。"

覃静初说。

Chapter 02 ✿

电视编导的课程可真够无聊的，声音比蚊子声还低的男老师在台上毫无激情地念着幻灯片，底下的学生们睡倒一大片。

他们都用立着的书或是电脑作掩护，只有覃静初，即便已经困到难以忍耐，仍然挺直了腰板，撑起眼皮，不敢在老师面前公然地睡去。

她一直都是这样胆小的女孩。

虽然成绩不怎么样，但是从小学开始，覃静初就是班里数一数二的乖学生。她上学从不迟到，课上不交头接耳，下课按时写作业，考试答到铃声响才交卷。所以即便分数不高，家长会的时候，班主任也没什么可跟她妈妈交代的，只能是以一个无解又无助的眼神示意，大概是说——静初辛苦了。

静初妈妈领着她回家的时候，总会不停地鼓励她。

妈妈常说："就算看不到希望，也要一直奔跑下去。"

静初没有爸爸。

很多人都说，静初的乖巧性格，和失去父亲有关。毕竟残酷的是，推向覃母和覃父最终离婚的直接原因，是静初撞见了父亲和陌生女人在床上做些不堪入目的事情。

那时候静初才九岁，就算懂的再少，她也知道睡在妈妈床上的女人，不是妈妈。

并且事实证明，静初懂的一点也不少，她全然记得并且明确理解那个画面意味着什么，所以在高中的青春期里，即使有几个男孩追求，她也都断然拒绝了。

她曾在日记本上重重地写下过一句话——

"男人没有好东西，他们都是辜负人的坏家伙。"

高考的帷幕刚刚落下，整所番阳一中都沸腾了。

红色的喜报贴在最显眼的告示栏里，巨大的庆贺横幅威武地悬挂在校门外的围墙上。学生们肆意地扯碎课本和练习册，然后朝着望不到头的天空用力抛去，他们早就无比渴望这份自由了。

曾经偷偷摸摸早恋的情侣站在广场中央热情地拥吻在一起，宣告着他们已经挣脱了教条的管束，还有和老师们嬉笑追打的男同学们，他们的笑声早就盖过了不再重要的上课铃声。

而覃静初却在这场狂欢中安静极了，她的高考成绩和她不温不火的性格一样，平淡无奇。没什么值得期盼的，也没什么值得懊恼的，于是草草地选择了本省一所艺术类院校，攻读电视编导专业。

"看天边的云，并不是每一朵都长得圆润饱满，它们当中也有稀薄的，可怜的，孤单的，变形的。或许我的人生，也和这些云一样平凡又无聊，像极了夏天午睡时空无一人的街道，或者冬季里下过一场大雪后如坟墓般的寂静。"在那个高考后的夏日，覃静初小声叨念着。

"才不要信什么波澜壮阔的大海，它也会被晚上的月光吞没。"

由于是艺术类院校，这所大学的男孩女孩都很漂亮，不用特别去看播音系和表演系的同学，就连导演系，也能看到长发飘飘的漂亮姑娘，或者挺拔清俊的男生。

路过学校大澡堂时，里面传来簌簌的冲水声，年少的男孩女孩们都各怀心事。可就算在这个混合着青春气息和荷尔蒙味道的学校里，覃静初也依然做着一个低调到毫不起眼的人。

所以即便是长得漂亮，也没多少人能发现她。

冯诺诺就不一样了，同样身为电视编导系学生的她，却隔三岔五就要混迹于导演系，只要导演系的学生身边有个空位置，不管多小，她准保能钻进去。拿着导演的对讲机，她开始结交表演系的各路帅哥，和他们打得一片火热。

"以后叫妹妹就行了，我冯诺诺就算赴汤蹈火，也认你这么一个哥！"

每次跟导演系和表演系的师哥们喝得烂醉后，冯诺诺就会多一个哥，而这个哥，又会在下一次的酒局上，把她介绍给更多的哥。

关于自己烂醉后的样子，冯诺诺完全不担心，因为每一次覃静初都会在她喝到即将失态的时候，把她扛回宿舍。

这样一来二去，覃静初也算在导演系露了脸。

覃静初和王若凡的相识，就是从这时候开始的。

王若凡是导演系的神话级人物，已经大四要毕业的他，仍然被导演系几乎所有的在校生敬仰。只要听说今天的局里有王若凡，导演系的学生们都会蜂拥而至，盼望能和他有个接触。

之所以这样出名，不仅是因为他挂着科拿到了学校艺术节连续四届的最佳导演奖，还因为在他还没毕业的时候，就已经为非常多知名的企业和品牌拍摄过视频影片。

其中最闻名的，就是当年大三时，他给一个约会软件拍摄了一支非常成功的视频广告。品牌总监这样评价他："创意天马行空，尺度拿捏准确，抽象却不乏深度。"

可惜的是，若凡师兄长得并不好看。

Chapter 03 🦀

若凡师兄一米七五，平头方脸，因为常年在外拍摄，所以皮肤粗糙黝黑。他最大的缺点就是忘我，忘我到有时候可以连续几周在片场盯片不洗澡。有片场的师兄们披露说，若凡师兄的内裤都是一次性的，因为他根本没有时间洗。

但说起若凡师兄追求覃静初，那真的是比他拍任何一部电影都要忘我得多，就算在这座小小城市的小小学校里，他也用尽了各种荒唐的努力。

他会提前翘课到食堂排队，等她来的时候把排好的位置换给她。

他会买通学校所有快递公司的快递员，只要她来了快递，就最先通知他。覃静初根本不需要到学校的快递寄存处领取，因为她的快递早已经在若凡专线运送中，会由他亲手交付。

他会改个性签名，说恋爱中，诚也勿扰。

他会把头像换成和她无限接近的照片。

他会打听到她家的住址，每周给爱花的覃母寄去鲜花，把覃母拉进自己的阵营。

他会创造各种奇妙的节日，就为了能有理由送出一份礼物。

……

即便做了这些，但仍然毫无效果，因为覃静初的心里有一道固若金汤的堡垒，任何人也无法瓦解。

没有安全感的覃静初，充满了多疑的敏感，她不敢轻易把自己交付出去，是因为怕傻傻的自己，倘若真的爱上了，便一发不可收拾。

毕竟每一个真的爱了的女孩，都要比对方认真一百倍。

然而即便如此，若凡师兄也没有放弃，他总是眯起他单眼皮的小眼睛，用力地吸一口烟，然后想下一步要如何追求这个无动于衷的学妹。

物质动摇不了覃静初，情书也不行，掏心挖肺的承诺不可以，安安静静的陪伴也不管用。

只有时间可以。

不是时间可以证明，而是时间可以无情地改变。

若凡师兄对覃静初的耐心可以说是无限大了，换作其他任何一个男孩，如果追求的女孩不给面子超过三次，早就换下一个目标了。而若凡师兄，不管覃静初的反应多么冷漠，他都可以做到心如止水，毫不着急地表示着自己的理解。

或许这就是覃静初被打动的地方，反正她是无法相信那些热烈的拥抱和甜蜜的承诺，她只相信轰轰烈烈之后的细水长流。

所以真正在一起的那天，覃静初也从未想过。

她也说不清，是因为学长的坚持打动了她，还是因为她确定他的认真，总之就是，她抵达了人们都说的那个"爱了"的临界，再也扛不住任何的追求，喜欢就是答应，容不得半点理性的思考。

刚刚在一起的日子确是甜蜜的，都说爱情会让人烦恼，可即便如此，人们仍旧飞蛾扑火般地去体会那烦恼中的美好，谁都想体验一番，真正卷入爱情漩涡中的那份窃喜。

在跌宕起伏的爱情进程中，暧昧期是恋爱最美好的阶段。

在彼此都有好感的暧昧期，双方发个消息都会顾虑再三，打了又改，改了又删，生怕哪句话破坏了对方对自己的好印象。

"啥"和"咋了"也许会太土，于是得说"什么"和"怎么啦"；"滚开"也许太凶，于是得说"走开啦"；"放屁"也许会太粗鲁，于是得说"你在瞎说什么哦"。

覃静初每天晚上翻来覆去睡不着，反复点亮手机就是为了查看是否有若凡师兄的回信，虽然煎熬，但也真的算是平凡生活里最美好的期待了。

暧昧期一过，就进入到了热恋期，热恋期也充满幸福感。

若凡师兄会细致入微地照顾她的生活——下雨了打伞去接，鞋带散开了蹲下去帮她系上，任何一个节日都要当成纪念日隆重地过，亲手给她做礼物，每日发早安午安晚安，巴不得天天都要黏一起。

那些海誓山盟的诺言，那些变幻多样的蜜语甜言，连同着对未来世界的华丽憧憬，一起成为曾在一起过的证据。

然而这热恋期一过，爱情就仿佛索然无味了。

像突然停下来的过山车，像瞬间坍塌的雪崩，像骤然停止的交响乐，像被抛到真空袋里的时间。

当再也不需要打扮，毫不在意地给对方展示自己最日常状态的模样时，爱情就失去了它该有的一半魅力。而当再也不需要患得患失地猜测对方是否真的喜欢自己时，爱情又丧失了一半魅力。

它得到了彻底的确认，却因此而变得无趣。

它拥有着绝对的安全，却也因此变得危险。

若凡师兄就是如此，他总是觉得，覃静初的手会被他牵到地老天荒，只是他不知道，任何阶段的感情都需要耕锄，如果忘记了用心，漫山遍野的荒草就会疯长，最初的那朵玫瑰，也会飞快地凋落。

覃静初跟冯诺诺抱怨说，感觉才刚刚五年，恋爱就像谈到了人生的后半程，说什么一辈子，她真的不敢去想象那么遥远的未来，即便努力说服自己假想和憧憬一下，也会发现实在头疼，眼前没有　点明亮的模样。

爱情真是个鬼东西，得不到的时候满地烦恼，得到了以后烦恼满地。

于是他们的争吵越来越多，而争吵的内容，无非就是那些男生觉得是鸡毛蒜皮的小事儿，而女孩看起来却格外重要。

或许这本就是一个解不开的困局。

Chapter 04 🐥

第一次剧烈的争吵，在恋爱的第三年。

若凡师兄晚上有个朋友聚会，要去KTV唱歌，他提前向覃静初请了假，并且保证到了KTV以后会自拍，证明在场的人都有谁。

她不是不通情理的人，理解他的生活也需要交朋友，所以即便是晚上，也绝不会干涉他出去玩的自由。更何况，对比覃静初和王若凡的外形条件来看，她完全不必担心王若凡会在外面和别的女生乱来。

于是，覃静初欣然答应了，并且嘱咐他少喝酒，注意安全。

这当然是无比普通又正常的一晚，只是到了KTV以后，王若凡忘记发来自拍，不管覃静初怎么联络，他都没有回复。

一晃就是两个小时过去了，其间覃静初打过无数个电话，发过无数条消息，一直焦虑地担心着他的安全。

三个小时过去后，聚会到了尾声，大家一个个烂醉如泥。这时候王若凡突然回想起来，自己忘记了跟覃静初联系。

他醒了醒神，从杂乱的桌子上东找西找，终于翻出来手机，拍了一张自拍发了过去，又快速跑出包房外，打电话给覃静初。

"这帮兄弟太久没见了，一见面大家都太热情了，全都在推搡着灌酒，我总玩手机不合适，就没看见你发的消息。再说里面太吵了，所以你的电话也没听到。"若凡师兄对覃静初解释说。

静初并没有回应，电话那端格外安静。

"都这个时间了，宝贝你该睡啦！"若凡师兄俏皮地打破这份安静。

覃静初开口说话了。

"我没有要拦着你不让你去玩的意思，跟朋友们唱歌不玩手机也是对他们的尊重，这些我都支持。我只是想你到了以后，跟我说句平安，发张照片让我知道都有谁，如果有事了我可以通过照片去联系他们，这点很过分吗？"

其实覃静初根本不在意自拍中的女生都有谁，她只在意，如果王若凡喝多了，自己可以通过他自拍的照片联系到其中的谁，然后把他平安带回家。

"我都这么大人了，还报什么平安啊？我又不是从事什么危险活动，就是唱歌而已啊。"王若凡显然不能理解。

"你可能觉得一点也无所谓，可是我却跟着你一直揪心。"

"你不至于吧……"

又是这句该死的话。

王若凡的"你不至于吧"，是覃静初最反感听到的，或许生活里很多个瞬间，都是他觉得的"不至于"，而她，却都放在心上。

意识到这句话不该说后，王若凡赶快补了一句："那前两个小时你担心我，后来你电话也没再打了，信息也没再发了，肯定是也去玩了啊。所以都一样，我们是成熟的情侣了，没必要时时刻刻盯在手机旁。"

覃静初在电话那头的呼吸声重了些，明显是在调整自己的情绪，随即，她一字一句地跟他说：

"前两个小时我找你找到疯了，敏感多疑的我想象了一万种不好的可能，我担心你喝断片，担心你喝多了跟别人惹事打架，担心你可能都还没到KTV而是在路上跟别人撞了车……于是我发微信打电话找你的各路朋友，一个一个顺藤摸瓜似的，费尽千辛万苦好不容易才联系到了一个今晚在场的同学，然后他拍给了我你开心喝酒大笑的样子。"

说完这一大段话，覃静初心里的大石头才算最终落下。

"所以我才放心，所以没再找你。"

王若凡听了后，有些脸红，原来在自己只顾着开心的时候，这个世界上有那么一个人，她一点也不开心，反而是无比担心。

他一定想象不到，从小就缺乏安全感的覃静初，在这个再平常不过的夜晚，像发了疯一样的崩溃。当她披上衣服到男生宿舍四处敲门的时候，当她凌乱着头发在校园里哭不出声的时候，当她无助地以为全世界都崩塌了的时候，其实他完好无损。

她就像一个多余的傻子，没必要的疯子，走丢了的孩子，狼狈不堪。

有些语塞的他不知道该回复些什么，于是只好说一句："你太敏感了……"

"你太敏感了"这句话，如同"你太矫情了"，都是他爱说的话。

在王若凡现在的世界里，工作时要专注，该睡觉的时候就直接睡觉，饿了就点个外卖，不开心了倒杯啤酒，遇上节假日恨不得在床上躺一天，和女友离别时送到机场挥个手就在心里说句再见。

只是他不知道，在静初的世界里，实习时也会分心想着他，该睡觉的时候想听他说晚安，饿了想叫他一起去寻觅美食，不开心了就想找他要安慰，遇上节假日多希望他可以陪着逛街拍照片，在机场分别的时候，心里默默盼着他能在转身走后再回个头，朝着自己望一望。

甚至有很多次，她都下定决心，如果他不舍得地回了身，自己就冲出安检区，改签机票也要再多陪他一天。只是当回头的那一瞬间，她往往只能看到他轻快的背影，仿佛在说："不用啦，不用啦。"

恋爱的第三年，他不再像最初那样的小心翼翼，而开始变得对一切都习以为常。当再有什么争议出现的时候，他只会叹着气说——"你太敏感了"和"你不至于吧"。

是啊，的确是你说的矫情，是你说的作，是你说的无缘无故，是你说的无理取闹，是你说的无法理解，是你说的没有必要。

可你用尽一万种方法去不理解，却迟迟不肯哪怕只有一次地去接受。

爱情的难处是，总是心软的一方承担所有伤害。

Chapter 05 🎐

刚刚在一起的时候，很多人都不理解，为什么年轻又好看的覃静初，会答应和样貌平平的王若凡交往，单是凭着他的才华，倒也不完全至于。

后来才有人揣摩出来这其中的秘密。

王若凡没有母亲。

失去父亲的覃静初，完全理解失去母亲的王若凡，有的时候，她甚至觉得王若凡就是另一个自己，不然怎么会有那么强烈而真实的感同身受。

在这个世界上，他们就像两头伤痕累累的怪兽，孤独，脆弱，不幸，在终于相遇的那一刻，舔舐着彼此的伤口。

就在所有人都把王若凡称为"鬼才疯子"时，只有覃静初，一眼就可以识破他只不过是不允许自己认输，于是比任何人都要努力罢了。而当所有人都嘲笑他在片场忘我拍摄到根本不洗澡时，也只有覃静初明白，臭烘烘的他，不过是习惯了将自己是异类的心理延展到生活的各个层面。

只有是异类，才可以博得关注。

只有关注，才能减轻被忽略的阵痛。

只有不被忽略，才可以填补所有缺爱的窟窿。

所以从小就努力学习却考不出高分的覃静初，或许也是在故意地布置着一个自己的美丽世界，目的就是为了惹来所有人的驻足欣赏。而在无聊的电视编导课上，所有人都睡倒在书本和电脑前面，只有覃静初坚持坐着，她挺立而笔直的背，似乎也向全世界昭示着："来看吧，我和别人不一样。"

他们就像是大海深处的珊瑚，不停闪躲，却又努力飘摇着自己的触角，疼痛的，楚楚动人的，难过的，孤郁的。

他们才不看过往的鱼群，不听鲸鱼的歌声，只是沉默地编织着自己伤痕累累的梦。

倘若真的如此，那没有人比他们更适合彼此了。

还记得若凡师兄刚追求覃静初的时候，正好赶上那年冬季学期的末尾，他早就打听好了过些天是覃静初的生日，于是计划着在她生日的当天，再做一次努力，向她表白。

王若凡绞尽脑汁想给覃静初过一个不一样的生日，而不一样最大的秘诀就在于出乎意料。

于是那天晚上，覃静初正在寝室里和室友们吃蛋糕，结果王若凡突然打来电话，要她下楼。覃静初以为他是来送生日礼物的，只是没想到，在宿舍楼下见到他的时候，他两手空空。

"不是穷光蛋，就是神经病。"覃静初心里这样想。

"我想带你去一个地方。"

"我要上楼拿一下羽绒服。"

可王若凡拉住了她，把自己的外套脱下来，裹在她身上，拉着她的手就跑出了学校。

等气喘吁吁停下的时候，已经到了学校附近的一家溜冰场。

"你……你疯了吧……"覃静初双手挂在膝盖上，半弯着腰，呼哧呼哧喘着气，眼前的王若凡只穿了一件毛衣，冻得有些哆嗦。

"把大衣还给你。"覃静初说着，就脱下了自己披着的衣服。

王若凡接过衣服，直接穿上，没有半点犹豫，这让覃静初的眼睛瞪得浑圆。

"给你……你就真穿啊……"她心里默念。

王若凡穿好大衣后，向覃静初伸出一只手："我们去溜冰吧。"

覃静初被他的行为吓傻了，脑海里快速闪过一句话："完了，都说导演系的很多脑子都不正常，他一定是受了什么艺术上的刺激。"

覃静初尴尬地低了低头，想快步离开："我什么装备都没有，溜不了，我先回去了。"她不敢质问王若凡，大冷天把自己带来这样的地方溜冰，是不是脑子有病。

"别走。"王若凡一把拉住覃静初。

"啊"的一声大叫，覃静初觉得自己今天要交待在这里了。

后知后觉的她发现，这偌大的溜冰场里，一个人也没有。

"我包场了，我想今晚这里只有我和你。"

说着，王若凡拉着覃静初来到一旁的更衣间。

覃静初彻底绝望了。

"我身材不好！背后的皮肤干枯褶皱！肚皮上还都是青春痘！"

眼神里充满绝望的覃静初，开始后悔自己竟然如此轻易相信他，来到这样一个人迹全无的地方。

王若凡意识到自己一系列的怪异行为着实吓到了她，捂着肚子笑出声来。他伸手指了指试衣间，示意覃静初进去看看。

覃静初打开试衣间的门，里面挂着一套崭新的溜冰服，从鞋子到裤子，从羽绒服到毛线帽，一应俱全。

"啊？"覃静初惊讶地发出了声音。

"我想在这个冰天雪地里，教你学溜冰。我更想告诉你，哪怕一开始我两手空空，不曾拥有什么，甚至是带你到了一个窘境之地，但我仍会通过努力，为你配上全身盔甲，保护你。"

王若凡拉着第一次溜冰的覃静初，慢慢滑动着，没有让她摔一跤。

"只要你把双手交给我，我就不会让你受一点伤。"王若凡看着覃静初的眼睛，目光里满是笃定和祈盼。

"来。"他拉着覃静初，一点点移动到溜冰道的终点。

一条巨大厚实的毯子上，摆放着一个蛋糕，王若凡小心翼翼地拉着覃静初坐在了毯子上，然后摸索出一根火柴。

"看，这是什么？"

"火柴啊。"覃静初紧张地咽了一口口水。

"错，这是我的努力。"

王若凡用力划着了火柴，微弱的火光在溜冰场里亮起。

"就算周遭的世界看似冰天雪地，我也会努力为你点亮一小束火光，照在你面前。"

他把蛋糕上的蜡烛点燃，含着真挚的热泪，望着她。

"生日快乐，我的女孩儿。"

就在那个黑黢黢的夜晚，覃静初答应了王若凡，她只是知道，王若凡确确实实让一直以来都缺乏安全感的自己，感受到了无比安心的踏实感。

她暂时还想不到两个人相处之后的样子，也绝想不到，这之后的烦恼，大大小小。

Chapter 06 🍓

第三次剧烈的争吵，在恋爱的第四年。

冬天是覃静初最喜爱的季节，不仅是因为冬季万物静籁无声，就算把烦恼抛到室外，也会被皑皑的大雪瞬间覆盖得没有声息，还因为在冬天，就算难过到极点而哭红了鼻子和眼睛，也完全不用担心被人笑话，大不了就说一句"太冷了"，准能敷衍过去。

爱哭的覃静初就这样试验过。

其实她爱冬天还有一个最简单的原因，那就是她的生日就在十二月。

很小的时候，覃父和覃母会在小静初过生日的那天，把家里布置得像一个冰雪世界，然后给她穿漂亮的公主裙子，叫很多小朋友来给她庆祝。

然而在小静初九岁的那年，忙着闹离婚和打官司分家产的覃母，完全忘了小静初的生日，为此小静初哭了一整个冬天。

那个时候的她，以为爸爸不要她了，妈妈也不再爱她了。

所以往后的每个冬天，覃母都变得尤其敏感，在小静初生日到来前的半个月，就开始每天都提醒着记忆力减退的自己，千万不要忘记，千万不能错过。

毕竟一个人带小静初的覃母，老得越来越快，记忆也大不如从前。

自从读大学以来，静初就没再回过家过生日，取而代之的是在期末季的紧张氛围下，与同寝室的室友们一起聚餐，吃个蛋糕，吹个蜡烛。

静初并不习惯到热闹的KTV包房里，看着大家大声唱歌，举起酒杯许下尴尬的愿望。毕竟自从没有了父亲后，她的生日就只剩下了自己和母亲，简单得和平日也没什么两样。

不过和若凡师兄恋爱以来，静初就又找到了久违的有人来策划她生日的感觉。虽然和小时候父母把家里装扮成冰雪世界不同，但有王若凡在的生日，也绝对算是精彩。

表白那次的生日就不用说了，王若凡误打误撞选择了覃静初最爱的冰雪场景，在溜冰场里和她表白，一下子就让覃静初打破了自己的固执。

在一起第一年的生日，他熬了一礼拜的夜，亲手做了一束99朵的永生花。

第二年的生日，他开车带着覃静初去秦皇岛看了日出，就因为她随口说了一句"想看全世界最早的太阳"。

第三年的生日，王若凡去蛋糕店，笨手笨脚地做了一个好吃不好看的蛋糕，虽然说创意欠佳，没什么惊喜，但也算有心意了。

而第四年的生日，他不小心睡过了。

在零点之前，王若凡一直提醒自己别睡着，要在第一时间跟覃静初说生日快乐。然而，因为最近熬夜拍摄，精力消耗太大，他一不留神就昏睡过去，第二天起来发现时，已经是早上九点多了。

他匆匆忙忙转了个1314元的红包过去，但她没有收。

王若凡明白，覃静初显然是生气了，只是不知道怎么了，他竟然觉得自己很无力，无力去辩解，也无力去争吵，他只希望覃静初能"听话又懂事"地不找什么麻烦。

"前几天熬夜加班拍摄赶方案，你是知道的，我也定了闹铃，只是太累没听见，确实不是故意的。"他解释的时候，没有直接看覃静初的眼睛。

大概全世界的男孩都是真的搞不懂，都解释又道歉了，女生还想怎样，究竟怎样哄才能万无一失。

见她没有反应，王若凡又继续解释说："今年是个例外，不小心睡过了生日，再说了，答应年底的时候带你去日本旅行，所有该筹备的，其实也都在筹备。"

他皱了皱眉，一副无精打采的样子。

是啊，累了的感情就像失速的列车，它会朝着漫无尽头的前方一直开下去，刹不了车。而所有无药可救的凑合过活，也都会随着这趟列车，被丢到时间的大海里，波澜壮阔。

终于不想吵下去了，再吵下去也没什么意义，很多的感情都是这样，止于"终于"。

终于不想再争个对错，终于不想再唯唯诺诺，终于不想再奋力辩驳，也终于不想再爱你比爱自己更多。

其实她要的，根本不是鲜花礼物和蛋糕，也不是让他带着自己出国旅行。她要的很简单，只是希望在王若凡的世界里，小小任性又自私地占着比一切都重要的位置。

"我很想用尽全力地爱你，甚至比爱我自己都要努力，也很想更勇敢地保护这段感情。我只是希望，你能让我确认，你是真的爱我，并且，你是真的最爱我。"她说。

"小孩儿才矫情地闹脾气，大人都直接领红包，快乖乖把转账收下吧。"

而他说。

Chapter 07 🍊

　　王若凡的才华是被公认的，虽然有少部分看他不顺眼的人，诋毁他会耍一些小聪明、小手段。

　　在学校的艺术节上，王若凡曾有一部非常有名的短片作品，一举拿下当年的最佳导演奖和最佳影片奖。短片的名字叫做《我与父亲》，讲述了单亲家庭下，一个无比憎恶父亲的儿子，是如何一步步发现被自己误解的真相，而当他彻底认识到自己对父亲的错怪时，父亲已经生病离开了这个世界，他已经不能再去弥补什么了，徒留无尽的遗憾与悔恨。

　　后来有人指出，这部影片的内容与一位青年作者的短篇故事极为相像，然而王若凡却矢口否认灵感来源于此。

　　这件事情引起了很大的争议，但王若凡本人坚持声称，自己所有作品的灵感都源于自己以及身边人的生活，这部影片也不例外。在他的世界里，自己也是一个与父亲相处非常不融洽的男孩，而这部作品的主人公，就是自己。

　　覃静初一方面相信着这个男孩就是王若凡本人，他与单亲父亲的相处也确实不算融洽。但另一方面，她也怀疑着他的说法，毕竟偶尔的时候，她能发现王若凡爱撒善意的谎言。

　　一年后，为了证明自己作品的取材都来源于现实生活，他拍摄了以"最初之静"为主题的影片，叫做《静初》。影片讲述了一位离异母亲独自带大女儿的故事，而几乎所有人都知道，他的女友就叫静初，也是一位离异家庭的孩子。

这个影片引起了轩然大波，相当多的一部分同学不认可王若凡把自己女友的故事当成影片素材，并且还以女友的名字命名，并公之于众，这是一种对她隐私的侵犯。

当然，覃静初为此也和王若凡吵了很严重的一架。

后来，王若凡凭借《静初》一举获得"全国最佳原创电影短片奖"，这对于王若凡而言，是一道对于外界质疑的有力反击。并且，也向覃静初证明了自己的艺术敏锐度是完全成功的，也希望博得她的理解。

而事实上，她并没有理解。

因为这不是她第一次发觉王若凡的幼稚和不懂事，只是一直以来她都不愿意把话真正地道破。

比如，几年前的溜冰场告白夜，王若凡骗覃静初说这是他的包场，就是为了打造一个二人世界的表白。

而事实上，这个溜冰场的管理员是王若凡的父亲，那天白天，他骗父亲自己要拍摄一个溜冰场的镜头，于是管理员父亲为他开了绿灯，偷偷开放了正在停业维修的溜冰场。

倒不是说善意的谎言完全不能接受，她也非常能理解贫穷家庭出身的王若凡也需要一些自我满足的虚荣感，只是当完全无条件地选择相信却被欺骗时，她还是有一些难以接受。

"我能理解你的不安，我也能理解你的渴望，我甚至都能理解你的阴暗和小小邪恶，只是我不能理解，就在我决定背弃世界和你为伍的时候，你总是会把我推出你的警戒线。我明明是想接受你的全部啊，你怎么会偏偏藏起来你的许多部分。"

诸如这种感觉，覃静初绝不止有过一次，她甚至都有些迷糊，自己究竟该不该继续爱下去。她觉得他可怜，又觉得他自作聪明，她一会儿觉得他对自己掏心掏肺，一会儿又觉得他有太多防备。

每当这样患得患失的时候，她就会把王若凡看成另一个自己，可怜兮兮地经营着自己灰暗的生活。于是，他的努力，就成了刻意，他的成绩，也不过是他抵抗这个世界的武器。

关于这一点，他们都是一致的。

只是当可怜和爱都放在同一个器皿里的时候，难过就发酵得更加深沉了。

恋爱，可真的是一件折磨人的事情啊。

Chapter 08 🍌

如果说前几次争吵都一定要分别出孰是孰非，那么第六次争吵，覃静初已经不想分出绝对的输赢和对错了。

王若凡拿了越来越多的奖项，先后也有很多家大公司过来找他谈签约，手边的项目多到轮到他来遴选，再不用担心吃喝这些生活琐事。

日渐风光的王若凡似乎已经努力过上了很多人都羡慕的生活，他拿赚来的第一桶金，买了一辆豪车，又花了一笔钱，买了一个数字非常吉利好记的车牌号码。

覃静初反对他这样做，当然不是因为她想拥有这笔钱，而是担心在住院的若凡父亲，如果哪天病情恶化了，会很需要这笔钱。

"若凡，我知道你还会赚更多的钱，但这第一笔，可能对于你父亲来说很必要，留着或许不是什么坏事。"

王若凡吸了一口烟，又拿起威士忌，倒在了一个矮矮的玻璃杯里，没有加任何的冰块，直接顺着喉咙吞了下去。

"放心吧。"他说。

说罢，他就又继续抽着烟，眯起眼睛盯着眼前电脑上正在剪辑的片子了。

当他实现了曾经的梦想时，他已经变成了另一个模样，而他虽然是最好的他了，可他们却不再是最好的他们。

越来越少的交流，越来越少的商量，越来越少的共同决定，王若凡全然不知道，就在他吃饭也盯着手机时，覃静初吃得远比平常要少得多；在他凌晨三点才回家躺下的时候，覃静初其实一直没睡着；在他一直加班的时候，覃静初在听失恋的情歌。

不知道从什么时候开始，覃静初已经习惯了这种感觉，她再也不想大声地歇斯底里地争吵，也不再想强迫着要求，更不再想较真地不停讲道理。

　　她一点也不想再听到他的道歉，相反，比听来一句道歉更解决问题的，是还不如干脆出门走走，独自待一会儿。

　　对于这些，王若凡是有所察觉的，只是很多事情，一旦被时间改变了，就很难再恢复原状。

　　爱情是这样，我们也是。

　　就在最后一次争吵的前一个月，王若凡要出差一礼拜，竞标一个很重要的项目。

　　走的时候，他背上背包，旁边放着他刚刚收拾好的行李箱，向覃静初张开双手。静初还是没忍住，冲过去钻进他的怀里，滚烫的眼泪瞬间就从眼眶里流了出来。

　　好像这一分别，他们就永别了。

　　王若凡没有说话，用右手把嘴里的烟摘了下来，丢到了门外面，他也用力地抱紧了覃静初。

　　抹干静初泪流满面的脸，他说："我们都再努力一下吧。"

　　那一句"我们都再努力一下吧"，其实已经是回不去的证明了，对于已经变了的王若凡，他再怎么努力，也不会是静初曾经喜欢的那个样子。

　　关于这点，覃静初比谁都要明白。

　　她忘记是怎么从他怀里离开的，也忘记他是怎么上的车，只是记得那天的无力感，比以往的任何一天都要深。

明明当初说好要一起走完一辈子的，怎么会说崩溃就崩溃了呢？

明明当初说着一生挚爱的，怎么会说不爱就不爱了呢？

明明当初说不怕一切艰难险阻的，怎么会说放弃就放弃了呢？

爱情真是一个琢磨不透的难题，它破坏一切规律，也不遵守任何定义，它像麦田里的野孩子，肆意地奔跑，谁也参不透它究竟会跑向何方。

在王若凡回来的前一天，覃静初得知了他竞标失败的消息。

那天晚上王若凡和团队的人到KTV喝了一整夜，他又如同几年前的自己一样，没有给覃静初发来一张自拍，或者打来一通电话。

早上到家的时候，他身上还满满都是酒的气味，不知道是因为昨夜喝醉而羞愧，还是因为没有竞标成功而懊恼，总之他一直低着头。

覃静初一边烧着热水，一边打开一罐只剩下一个底儿的蜂蜜，用勺子使劲挖了挖，放在了杯子里。

这段时间因为他喝酒比较多，覃静初买来的蜂蜜也跟着消耗得快没了。

她静静地说："我们分手吧。"

见他没有回应，那好，这次换她来打破沉默。

"我和你之间，再也找不到恋爱的感觉了。"

其实她是忍着剧痛说出这句话的，眼泪就在眼眶里打转个不停，老天也一定知道，只要这时候他肯软下来趴在她身边，轻轻地安慰几句，说一声"我错了"，她就会立刻原谅他，回心转意。

我不计较七夕节你说的"没必要过"。

也不计较我生病时你说的那句"多喝水"。

我不在乎你忙到顾不上我的撒娇。

我只是求求你，求求你在这个时候能反应得激烈一点，让我能清楚地感受到，你是足够爱我的。

可王若凡只是用力地吸了一口烟，一边继续看着手机里的工作内容，一边漫不经心地对她说："别再闹什么小脾气了，我已经在很努力赶下一个项目了。"

于是，她的眼泪"唰"地就落下了。她一定知道，即便自己坚持说分手，他也不会理解，他只会轻描淡写地说"我在努力给你想要的生活，你还在胡闹些什么"。

他永远不会知道，这根本不是"我想要的生活"。

"我们分手吧。"覃静初伸手抹掉了在脸上流淌的眼泪。

"你还要我怎么样！"

王若凡像是找到了个发泄的缘由，也像是终于忍不了她一而再再而三的分手威胁，他像一座即将喷薄的火山。

"这么多年，我一直都在为了我们努力，我努力让你住上了大房子！让你穿上精致的衣服！让你出去都会被夸你真幸福！"

他往桌上摔下了随手拿起的杂志。

是啊，这么多年，他的确做了很多，也变了很多。

他变得更优秀了，也变得更有实力了，他再不是那个在片场苦兮兮地盯片顾不上洗澡的小导演了，他变得终于有实力包下父亲管理的溜冰场了，只是，他变得再也不是他了。

我们是都变得越来越好了，只是，我们也都不再是我们了。

Chapter 09 ⛵

分开吧，也许我们都会好过。

亲爱的男孩，我等不了你慢慢长大，或许不该怪你幼稚，只是我，一点一点变得更加成熟了。

"这罐子里，最后一勺蜂蜜沏完了，你喝了吧。"

覃静初微笑着说。

"TA想对你说　　　覃静初"

　　当我从罐子里舀干净最后一勺蜂蜜的时候，我就知道我们的感情走到尽头了。虽然接受分开挺难的，一下子抛弃几年的感情也挺痛苦的，可人是需要一点点慢慢长大的。

　　后来我买来了那位青年作者的畅销书，名叫《我不怕这漫长黑夜》，里面关于《我与父亲》的那篇短故事，和若凡曾拍的电影短片如出一辙。

　　算啦，谁都会在爱错过一个人、失去过一段感情，以为再也站不起来后，忽然发现：我已变成更好的自己。

I'M NOT AFRAID.

06
我是画家

时间真的无比残忍，
它自私地、不问意见地、
蛮横无礼地剥夺走我们很多的东西，
却并没有半点偿还的意思。
它彻头彻尾将人改变着，
连根拔起着，
摧毁着，遗忘着。

Chapter 01

坦诚地说，贫穷，真的是这个世界上最糟糕的事情，它限制了一切美好发生的可能。

我家就穷得叮当响。

我出生在一个小到在地图上根本找不到踪影的镇子里，四面环绕着高高耸立的大山，威武雄壮，似乎整个镇子都被笼罩住了，看不到一点外面的光亮。

我时常好奇，大山外的世界，究竟是什么样子。

不过别提山外的世界了，就连山上，父亲都绝不允许我前往，在他的世界里，那太过危险。

于是我生活的范围就是父亲农耕的田地，母亲给父亲送饭的狭窄的土道，以及我们居住着的零星热闹的小镇。

小时候，我的日子无聊极了，在自家小小的院子里，跟邻居家的小孩追跑打闹。有一次，我被他们推搡摔倒在了地上，面朝天空，一动不动，大人们都吓坏了。

可就在那时，我第一次发现天空可真美，湛白的云朵像是镶嵌在蓝色的丝绸幕布上。我难以分辨，天空究竟是一幅铺在人们头顶的精致画作，固定而静止地装饰着我的视野；还是它像田地里飞掠而过的候鸟，擎着巨大的身躯，正从远方袭卷过来，欲以遮蔽我。

怀着这样恐惧的想法，我常躲在床角，怯懦地露出一只眼睛，透过窗子盯着天空。晴空万里时，我就直勾勾地和它对视，而当阴云密布时，我就吓得钻进被窝，把脑袋彻底捂好，心里想着我要完了。

再长大些的时候，我就不能整天留在家里了，因为给父亲送午饭的任务落在了我头上。每天中午十二点一刻，我都会准时拿着母亲做好的午饭，走过一条蜿蜒曲折的土道，蹚过一条河，再走上五里地，到达父亲农耕的田地里。

有时候在路上被远处的风景迷住，我总会不自觉地停下来，发呆似的看。因此而耽搁了时间，就会被父亲骂，他还罚过我，让我拎起沉重的锄头，抓住杂草费力地割。

父亲是家里的主心骨，他种着五十亩的地，一向沉默寡言的他，干起活来没有丝毫怨言，似乎这就是男人天经地义该做的事。

靠着父亲种田的收入，我们勉强过着不算拮据的日子，这从中午饭里有红枣窝头就能看出来。一般镇子里的小孩可是吃不到红枣的，所以每次吃窝头的时候，我都会刻意把带红枣的部分留下来，露在外面，以满足我小小年纪的虚荣心。

父亲因此打过我的头，他总能看穿我的用意。

有次父亲打我的时候，我没拿稳的窝窝头一下子掉在了地上，没舍得吃的红枣沾上了土。

后来，我是含着泪擦干净吃下的。

自那次以后，我和父亲的距离越来越远，以至每次吃午饭的时候，我都会坐在离他很远的田埂上，留他一个人在地里。

看着眼前这个男人孤独的背影，我想到了沙漠，落日，还有荒芜的死亡。

他曾转过身来，对我说：

"阿城，将来等你长大了，你就要接爹的班，种这片田，然后再把这块地传给你儿子，一代又一代。"

他说这句话的时候，我浑身打了个紧，似乎一眼能望到我的未来。

八岁那年，父母送我去镇上的小学读书。

学校的场地很小，学生数量也不多，一共就百来个，虽然学费和课本费并不算特别昂贵，但也并不是每家的父母都会送孩子来读书的。在我这个年纪时，他们中的大多数都已经开始去帮父母务农打杂了。

也不知道这是他们的幸运，还是悲哀。

学校的师资非常紧张，每两个年级，合上一个班。一年级的学生做作业时，老师就给二年级的学生上课；四年级学生用过的教材，要在下个学年留给三年级；六年级考过的试卷，不变花样地出给五年级。

老师们操着外乡人的口音，在黑板上写下歪歪扭扭的字迹。

整所学校只有四位来自外乡的老师，每人负责两个科目。之所以来自外地，是因为镇长说教育是改变小镇贫困现状的根本办法，于是斥了一笔不小的费用，外聘了这四位老师。

除了提供不低的薪水报酬以外，镇里还为他们单独盖了房子，附带一个宽敞明亮的大院。镇上有蹦子车的家庭，轮流用蹦子车接送四位老师上下班。除了这些特权以外，家里有孩子上学的家庭，还要轮番给老师蒸五谷杂粮，送新鲜的鸡蛋，以保证他们的营养和体力，可以跟得上紧张的教学任务。

镇外来的老师们也因此变得趾高气昂起来，他们像是尊贵的上等人一样，俯视着我们这个落后的小镇。

就是这样一个贫困的小镇，也有这样严酷的等级秩序，真是荒唐又可笑。

我的数学兼美术老师许国威，脾气不好，有次我向母亲哭诉许老师打我，母亲立刻捂住了我的嘴，不让我声张。

"混球崽子不听话就该打，许老师打得对！你可不要不知好歹，这么不容易的学习机会，你要把握住，怎么敢造老师的谣！"

那天，我觉得母亲愚昧极了。

生闷气的我独自坐在院子里，盯着夜空发呆，它是那么辽阔，那么宽广，有闪亮的星光点缀其上，伟大又动人。

我时常觉得自己和别人不一样，我有一个深邃的灵魂，它孤傲地向着天空野蛮生长，厌恶小镇里循环往复的宿命，和我一样热爱着山外的世界。

那时候坐在小板凳上的我，挂着脸向上看，心里想着究竟要如何才能挣脱掉眼前的生活呢。

环扫四周紧闭的院子，我的心头又涌上一阵酸楚。

Chapter 02 🌙

读三年级这一年，父亲发了点小财，镇子外的一个农商看上了父亲的农田，付了一笔钱，让父亲在地里试验种植农商的杂交番茄。

一时间忙不过来的父亲，开始让母亲跟着下地干活，周末的我也难逃厄运。

周六大清早，我们一家三口就来到地里干活。晌午时分，母亲在袋子里拿出还热乎着的猪肉包子，给我和父亲分着吃。对的，为了保证父亲的体力，母亲已经开始把窝窝头换成肉馅包子。

我吃得快，几口就吃完了，坐在地里，拿着小树枝在地上乱画，画我蹚过的那条河，画蜿蜒的土道，画沿途的麦田，画窗角外的夜空。

母亲啧啧称道，她一直骄傲地认定我是个不一样的孩子。

后来再来地里跟父母干农活的时候，我开始带来家里的废弃报纸和年历，趁休息的时候，就把它们铺在腿上，模仿着课本里写生的人，看着远处的大山，临摹，描绘。

日复一日，我画的大山越来越像眼前的大山，它威严庄重，肃穆而立。山上有飞流直下的泉水，有郁郁葱葱的树木，有光秃曝露的岩石，它们统统在我的画里，无一落下。

有天母亲坐在我身边，看我手里掩掩藏藏的旧报纸，鼓励我拿出来给她看。果然，她的反应和我想象的一模一样，惊喜地张大了嘴，形容我画得出神入化，弄得我脸红了好一阵。

她还拿去给父亲看，说我们家里出了个画家。

父亲瞥了一眼，不屑地说了句"画这个玩意儿有什么用"，就又继续埋头咬他的猪肉包子了。

母亲看见我有些失落，赶快又挪步子回来，坐在我身旁。

她说我是个画家。

我说："我画着玩的，画家哪有成天面对同一座大山的，画家都要出去游历，像古代那些诗人一样，才能有见识，才能有灵感。"

父亲吃着，听到我说这句话，随手捡起一块不大不小的石头，砸向我这边："龟崽子开始埋怨日子了是不是，抱怨你爹没本事了是不是！"

母亲连忙使了一个眼色给父亲，示意他别多管闲事。

"不好好念书，成天想什么呢？"他朝地上不知道吐了口什么。

我有些委屈，眼睛酸胀酸胀的。

我的父亲，我的生活，我的宿命，它们糟糕地扭曲在一起。

母亲赶快抱了抱我，温声细语地在我耳畔说："画家是要靠想象力的。"

我疑惑地看着她。

"你看远处是什么？"她朝着大山的方向伸了伸头。

"山。"我答。

"那是大海，儿子你快看，那是大海。"她闭上了眼睛，眼角的细纹因此而堆叠得明显起来。

"听见海的声音了吗？哗啦哗啦。"母亲显然沉醉在了自己的想象里。

我努力朝着前面望了望，可我还是看不到一点大海的模样，我只能看到遮天蔽日的大山，堵在我的视线前。

"你看到的海是什么样的呢？"我问母亲。

母亲说，海是黄色的，还有粉色。

我控制不住笑出声来，为母亲的无知感到好笑，我抬高音调，大声告诉她："课本里写啦，大海是蓝色的！"

正在我无比骄傲的时候，母亲握住我的手，她依然闭着眼睛，朝着前方。

"阿城你看，太阳洒下金灿灿的光，照在了大海上，大海被阳光染成了黄色。马上日落了，火烧云的晚霞是紫色的，它又把大海染成了粉色。"

我才恍然意识到，母亲是真的看到了大海。

我也闭上双眼，学着她的模样，去想象眼前的大海，问她："还可以看到什么？"

母亲答："海边的树。"

我随即问她，海边的树是什么模样，书本里没有写过，我想象不出来。

"海边的树，一定是会动的，它们随着海风，舒服地伸展着枝干和叶子，像海里游动的鱼似的。"母亲说。

"那树上会有鱼吗？"我问。

母亲说会的。

鱼也在树上自由地游动。

Chapter 03 🐬

母亲一直是这样性格温顺的女人，虽然没读书过，但口中从无粗话。我仔细观察过她，她有好看的鬓角，温润的眼睛，宽长的嘴唇。

我五年级的时候，母亲拿出她的私房钱，为我在小镇外的集市上买了一套彩色铅笔。那是我人生中第一次收到礼物，我似乎都觉得它在发光。

没事的时候我就躲在房间里，画会飞的大象，画排得整齐地坐在板凳上的野鸭，画飘浮在空中的房屋，画下雪的春天……

有时候画得起兴，任凭母亲怎么喊我也不肯出去吃饭，说来也神奇，我并不觉得饿。

不过画这些充满想象力的画，是不能被父亲看见的。有一天晚上，我做完作业后就开始偷偷画画，开着一盏不明亮的灯，画山里的大海。

父亲寻着灯光进来了，看见我在画这些莫名其妙的东西，愤怒地把我的彩色铅笔摔到了地上。他借着喝了点酒的后劲，大声斥责我，完全不顾一旁哭泣着拦他的母亲。

他说画画没用，画画不能当饭吃，画画养不活人。

他还说，像我这样农村出身的孩子，一辈子都要活在大山里，休想去外面的世界做白日梦。

我知道，我就是当年的他。

当他在田地里踢塑料瓶子，想象着自己就是足球运动员时，祖父捡起瓶子重重地砸在他的脑门上，呵斥他去干活。在他们的潜意识里，我们都要像站立的黄牛，一辈子要在这片黄土地上勤勤恳恳地劳作，不能有贪图玩乐的二心。

我们都必须对这片黄土地保持忠诚。

休想有任何飞越这座大山的企图。

在这次事情发生以后，有很长一段时间，我和父亲的关系都没有缓和过来，我拒绝和他说话，他也从不会和我讲一个字。

我当然憎恶他，他摔断了我削好的彩色铅笔。在他走后，我借着微弱的灯光，从地上把它们一段一段找了回来，没舍得扔。我用折断的铅笔，在画上上色，磨到只剩下最后一星点铅时，手指已经被染成了跟铅笔一样的颜色。

手指压在彩色铅笔上的感觉，和手指磨在粗糙的纸上一样，都不怎么好受。

念六年级时，镇上的小学升级成小学、初中一体的学校，镇上的学生再也不用考去镇外的地方念初中了。

许国威老师从小学部跨到初中部，教起了数学和物理。日子一如往常，他还是有很多道算术题都算不明白，有几次他找不到不会解答的借口，于是直截了当地说是题目出错了。

早在底下把答案算出来的我，当然不敢吭声，只能在心里暗自地骂他一句："废屁。"

我还会连带着骂一句镇长。

因为许国威的聘请决定，就是镇长一个人做出的，他根本不管来自许镇的许国威是高中毕业的学历，单是凭着自己的儿子在许镇务工，而许国威家在许镇很有势力，刚好可以照应儿子，于是就答应了聘请一事。

镇长也是废屁一个。

他儿子一定也是。

不过许国威对我还算好的。他知道我爱画画，于是介绍我到许镇去学画画。说那里有一个美术培训班，老师是从首都北京来的，教得非常好，早些年一直生活在北京，所以也有广泛的人际关系，要是我画好了，将来还可以帮忙给办到北京读大学去。

因为这位美术老师是许国威的好朋友，所以可以给我的培训费打折。

母亲听到这个消息，非常兴奋，眼睛里冒着对未来憧憬的光芒，嘴里叨念着"我就知道这孩子有天赋"。

"5800半年。"许国威报上价格。

听到这里，母亲眼里的光瞬间熄灭了，要知道，这可相当于我们家半年多的收入。

不过后来，母亲还是执意要把我送到许镇学画画。为此，母亲没少跟父亲吵架，有一次父亲甚至拿起菜刀，说要砍了母亲。我哭着求情，一股脑把我折断没用完的水彩铅笔都扔进柴火坑里，发誓再也不画了，这才让父亲心软下来。

不过他拿母亲没多少办法，最终还是答应了。

父亲答应送我去学画画的那天，我从柴火坑里一点一点找被我舍弃的水彩笔，然而根本不可能找到。

我摸着被烧成灰烬的柴火，想象它们也曾是一棵棵参天大树。

去许镇学画画并不是一件容易的事情，我需要走十里地，再坐半小时的蹦子车，才能到达许镇，随后还要转乘蹦子车去美术老师家里。

不过这些都不用太过担心，因为除了最初的十里地需要我自己走以外，剩余的交通，许国威早已经为我安排好了。

毕竟交出去的学费，也是一笔数额不小的钱。

美术老师姓陈，上课的地点是她家的一个卧室，卧室里摆满了陈老师的画作，精美到令人叹为观止。

还记得第一天去她家的时候，我看着眼前的这些画，像痴呆了一样，完全说不出一个字来，原来画家的画可以这样好看，这样精彩绝伦。

我问陈老师她的画画经历，她答复我说，她在北京一家美术学校学习，学成后回到许镇教学，至今培养出来很多名学生，大学都考到了北京的美术学校。

那天，我仿佛看到了我人生的一丝光亮，它从重重围住的大山中艰难地透出来，照耀在我的希望里。

我立志要跟陈老师学好美术，考到北京去。

起先，她拿出她的一些代表作教我，让我对着这些画作临摹学习。但我一直认为我的画工是野路子，完全是自己摸索出来的，甚至连握笔姿势都不专业，应该先向陈老师学习基本功。

不过陈老师却丝毫不介意，她鼓励我要有自己的创作风格，独树一帜也是一件好事。她没有教我基本功，而是一直鼓励我，让我相信自己，怎样画舒服，就怎样来。

后来陈老师看我画得不错，还送了我一副水彩颜料，那是我人生中第一副水彩颜料。

放一点水，蘸一点颜料，颜色层次从深到浅，依次靠笔尖的刷毛呈现而出，两种颜色彼此混合，就能搭配出第三种不同的过渡色。

点是小人，线是土道，片就是汪洋大海，太美妙了。

我沉迷在画画的世界里，难以自拔，常常忘记下课的时间。每临摹完一幅，我就急急忙忙从外屋把陈老师叫进房间看我的画，那时我的心底充满了骄傲与自豪。

坦白说，那段时间真是我人生中最快乐的时光，我临摹陈老师的作品越来越像，带回家的画作也越来越让母亲激动。

直到两个月以后。

Chapter 04 👕

冬天来了，刺骨的寒风从山间吹进镇里。

我照常去陈老师家里学画画，她照常拿出她的作品让我临摹，她也照常在外屋做别的事情。

如果说以前我认可陈老师是放养式的管理，这次我就有些讶异了，因为她居然招待了好几位和她年纪相仿的妇女，在客厅有说有笑，还打着扑克牌。

她们操着一样的本地方言。

我的心里立即燃起了一种不好的预感，看着她精妙绝伦的画作，回想她在首都学习的经历，怎么都和眼前这个操着许镇方言大声说笑的女人有些违和。

我蹑手蹑脚地走向房门，把房门的插销插上，小心翼翼地回到桌子旁，开始翻她的柜子。

我的心脏发出剧烈的跳动声，脸涨得通红通红，我为自己的行为感到羞耻，甚至有几次我停了下来，拼命劝自己不要再做这么阴暗的事情了。

然而总有一股力量吸引着我，让我想要继续翻下去。终于，在旁侧一个柜子里，我发现了一个相册。

里面都是她和许国威的相片。

我的心彻底慌了，飞快地翻着一张又一张他们的合影，我才恍然间意识到，许国威是陈老师的丈夫，他们是夫妻关系。

所以，许国威才把我介绍给他的妻子，花钱包办我的路费……

"咚咚咚。"还没容我想完，门外传来了敲门声。

我慌张地把相册塞到书包里，然后拿起笔，跑过去开了门。

"你这个娃崽怎么还锁上了我的门？"陈老师皱着眉说。

可能意识到自己的语气不太对，陈老师尴尬地捋了捋头发，然后把我推回房间里，过来监督我画得如何。

我憋在心里一句话，始终没说出来——"陈老师，你的身上挂着刚刚嗑过的瓜子皮。"

下课后，我背着书包飞奔出去，我没有去许国威给我安排的回程蹦子车上，而是找了一个没人的地方，把相册从书包里拿出来继续翻看。

相册的时间跨度漫长且完整，从他们相爱、结婚，再到生下女儿，最后到这几年，中途没有中断。相册的最后一张照片里，陈老师的模样和现在没什么两样。

所以她根本就不是从首都来的，也绝不可能在首都待过很多年。

正读初二的我，脑子里飞速划过几个字：我们被骗了。

意识到这件事不对劲后，我飞奔到许镇的一家文具店，想买一套颜料，还给陈老师，好回去求她把剩下的学费退还给我。

结果好巧不巧，我在一套颜料盒的封面上，看到了一幅再熟悉不过的照片。

那是陈老师自称自己画的画。

拿着颜料盒，我心里咯噔一声。

老板见我迟疑，操着许镇的口音对我说："不喜欢这个包装？还有别的。"

老板随即拉开抽屉，向我展示着各种各样包装的颜料盒。

我看到，里面大概有三四个封面的画，都和陈老师的画作一模一样。

我这才意识到，那些根本不是陈老师的画，而是她从别处找来的经典名画，向我谎称是她自己画的。所以她拿着经典名画，让我对照临摹，轻而易举地赚走了我们家半年多的收入。

想到那5800块钱，我的心一下子就碎了。

那根本不是钱，是父亲埋头在地里做黄牛，是母亲蒸的窝窝头，是他们争吵后欲以提起的菜刀，是所有一切导火索的我。

年幼的我被吓傻了，可我根本不敢回家跟父母说我们被骗了，我们花了冤枉钱。

后来，陈老师发现了我偷走相册，她心虚地逼我交出来，我也不知道哪里来的勇气，竟敢直勾勾地盯着她的眼睛看。

我骂她是骗子，要她把学费退给我，否则我就回家揭发她。

陈老师从家里凑来凑去，凑给我一千块钱。

"王八崽子！"

随即，她就扇了我一巴掌。

"不尊重老师！却学会偷老师东西！从今天开始我就不教你了，你拿着剩下的学费滚蛋！"她恶狠狠地对我说，这次，她终于原形毕露。

在被她动手毒打了一顿后，她威胁我，如果胆敢揭发，她就把我抓到警察局，说我偷东西，让警察抓我坐牢。

我带着身上青一块紫一块的伤，被赶出了她的家门，走在陌生的许镇街道上，我的意识开始变得恍惚，后来发觉，是泪水模糊了眼前的视线。

我用脏脏的手抹掉了眼泪，触到脸上伤口的时候，忍不住发出"嘶嘶"的疼痛声。

"生活从不会善待善良的人，善良的人只能选择软弱地忍受。"

我在心里这样默念道，于是哭得更加凶了。

Chapter 05

绝不能跟父母坦白这一切。

带着这样的想法，我开始了一次又一次的撒谎。

我骗父母是蹦子车翻进了阴沟里，所以我摔得鼻青脸肿，又骗他们我学得很好，也很听陈老师的话。

每次去许镇上课，我都拿着小小的画板，假装若无其事地去，可到了许镇就开始打转，不知道一天的时间要在哪里消磨。

后来我的大多数时间，都是在许镇的书店度过的。

那是许镇最大的书店，里面书目品类很完整，于是我便找来几本教画画的书，蹲在角落里努力地读起来。

我发誓，我一定要学好，要强大，要不再受伤害。

看完一小时教学书以后，我开始拿出画板画画，和在陈老师家不同的是，我不再临摹，而是依靠着想象力去画。

我欣赏了莫奈的《日出》和《睡莲》，也学习了凡·高的《星夜》和《向日葵》，我冥想着毕加索的《塞纳河边的女人》，也思索着达·芬奇的《最后的晚餐》，我如饥似渴地啃食着任何和画画有关的书籍，甚至包括艺术类的书。

那段时间，我劳累，却快乐着。

我从没有如此强烈地感受到，我正把握着自己的人生。

而我的人生，也确实应该仅由我自己把握。

一来二去，我和书店的老板熟络了起来。

在这段时间里，我虽然很少买他店里的书，而且蹲在一个角落，一蹲就是一下午，但他从不赶我走。他可真的是一个不可多得的好人，或许这和我偶尔也会去旁边小卖部给他买一包烟有关。

我表达收留的感谢，他夸我是外镇上的好孩子。

后来初中毕业选择高中时，我毫不犹豫地选择了许镇唯一的腾达中学，这也是离家最近的高中。

腾达中学就坐落在我先前经常光顾的书店旁，因此，我仍然可以常去书店里借书看。

比起学校里其他的高中生而言，我的生活就简单多了，课堂，宿舍，书店，三点一线。看着身边的男孩女孩早恋，看着有才华的同学站在舞台上能歌善舞，看着运动会上飞驰的身影，看着好学生钻研难题参加全省物理竞赛……

那些动态的生活似乎都与我无关，我只沉浸在我的小小世界里。

我既普通，也平凡，渺小而无名。

只是我画的画，越来越让自己满意，我甚至能隐约看到自己未来的样子。

我将成为一名画家。

除去课余时间的画画以外，我的全部时间就都用在了学习上，好在这里的老师远比许国威专业，他们不再是看着解答不出来的题，就说是题目出错了。

我在腾达中学的成绩，算是上游，学习理科的我，希望能考到青岛去，听说那里有大海。

我还有一个愿望，就是能在大学里交个志同道合的朋友，毕竟这么多年我都是与画板相处，感觉自己像一座孤岛。

在腾达中学的借读生活还是有些辛苦的，即便我都一一忍下来了，但是在每个月放假回家的前一天晚上，我还是会兴奋得睡不着。

我想念母亲，想念蹚过的河，想念麦田，想念大山。

也偶尔想念父亲。

高二回家的那次，我隐约可以感受到家里发生的变化。

父亲种了这么多年的杂交番茄，开始被市场抵制，农商没有付尾款，人就消失了。父亲只能咬着牙收拾整片田地的烂摊子，恨不得把这片地都重新翻个底朝天，但他始终没有气馁，因为他知道，他是这个家的主心骨。

母亲不必再去下地干活了，可她却老得更快了，听父亲说，母亲的身体不太好，常喊着说身上疼。我问她时，她总是笑着跟我说，是骗父亲玩的，就是人老了，想多要一些关心而已。

还有一些事物是没有变化的，比如母亲答复我时，眼里还是那样的温柔，这么多年都没有变过。

晚饭的时候，父亲居然给我夹了一筷子的菜，他囫囵吞着白米饭，填饱肚子，却把肉和菜都留给了我。我看着他花白的头发，竟然有些莫名的哽咽。

当年那个动手打过我的、在田地里威武过的、扬言要决定我人生的父亲，去了哪里？

眼前只剩下这个衰老的男人，像再也耕不动地的老黄牛。

饭后，他们关心我的学习生活，我没敢告诉他们，我仍在偷偷学习画画。当年陈老师退给我的一千块钱，每个月买些颜料和画纸，到现在也没花完。

父亲说我要有出息了，他再也不拦着我留在这个小镇了，而是跟我谈论着外面那些大城市。我能清楚地察觉到，提到北京或者上海这类大城市的字眼时，他浑身的不自在。

他一定自叹不如，可他也一定满心期盼。

父亲和母亲讨论着仅仅知道的那几所大学，其中还有一些，连名字都说得不准确。父亲希望我学法律，母亲希望我念金融，看着他们得意又可怜的样子，我暗自在心里，把报考美术类院校的火苗硬生生地掐灭了。

选择自己想要的生活，和完成父母的期待，永远都是充满矛盾的。

高考那年的四月，学校取消了所有的假期，要求全体应届高考生在学校安心备考，没有假条，学生不准再出学校。

最后一次自由出入学校的机会，大多数女生都选择了去逛街，男生都泡在了许镇的网吧，而我则去了那家书店，跟老板道了别，顺便借用他的手机给父母打了电话，告诉他们勿念安好。

老板见到我时分外开心，他送了我两本有关绘画的书，说是最新进来的货，我要给他钱，却被善良的他婉言谢绝了。

我总觉得我们像是忘年交。我甚至想着，他在我这个时候，应该也有一个未完成的画画的梦想。

临走时，他塞给了我几张纸，里面是一些北京的美术院校的招生简章，他鼓励我报考，说以我的实力，绝对可以考进去。倒不是不相信自己，只是按照父母的期待，我应该努力考上一所普通的综合类大学，找份踏实的好工作。

画画这个梦想，早就被我不得已地掐灭了。

父亲说的对，画画不能当饭吃，画画养不活人。

"算了吧。"我低了低头。

老板急了眼，往我手里硬着塞报名表："你这尿崽子，这么好的机会你不要，傻了？"

这些年来，我给他看过不少我的画，很多他都留有照片，甚至我还送过一些画给他，他当然是喜欢的，也当然是看好我的。

所以还没等我怎么拒绝，他就说会替我交上报名费，也会帮我填好报名表，准备报考北京五家跟美术相关的艺术院校。

他催着我在表格上签了字，就再也不愿多看一眼怯懦和退缩的我了。

"没出息的样子，抓紧复习去吧，等好消息！"

说着，他就把我推搡走了。

Chapter 06 🌙

高考来临的前一天，学校允许学生们和家里通个电话，毕竟听到父母的声音，对学生来说多少也是种鼓励。

排了一个小时，才轮到我拨电话，旁边负责站岗的老师催促着，要我在三分钟内说完。

我连忙拨号，尽管身后排队的学生们吵吵闹闹，聒噪无比，但我还是清清楚楚听到了父亲和母亲在电话另一端叫出的那句——"儿子"。

不知怎的，滚烫的眼泪唰地一下就流了出来。

我哽咽着，却喊不出一声"爹，娘"。

我觉得他们一定更老了。

父亲一定再也拎不起锄头，母亲也一定再也不和父亲吵架，院子里的石榴树一定长得无比茂盛，曾养的大黄狗，一定也不再渴望到田野里流浪。

时间真的无比残忍，它自私地、不问意见地、蛮横无礼地剥夺走我们很多的东西，却并没有半点偿还的意思。

它彻头彻尾将人改变着，连根拔起着，摧毁着，遗忘着。

"爹，娘。"我终于发出了声音，旁边的老师不耐烦地看了眼手表。

我抹了抹眼泪，使劲地压抑住心里的想念，跟他们说最后一次摸底考试我考进了全校前十名，现在准备得挺好，肯定能考上一所好大学。

父亲和母亲在电话那边乐开了花，我尤其能听到父亲的笑声，那个声音是从内心最底处发出来的，质朴又强烈。

母亲问着我考试的时间安排，还没等我回答，她的话就被父亲抢过去了。

父亲抬高了声调，生怕我听不见："阿城，上次老师打电话来，说你被提前录取了北京的美术学院，交上学费就能录取了，这么久了也再没来个信儿，你再问问老师啊，钱都收到了不？"

母亲在一旁小声嘟囔着："别催儿子，钱肯定是汇到了。"

可此刻我的心里却炸开了锅。

不知为何，那种感觉火辣辣的，像极了几年前拿到陈老师相册的时候。

我小声怯懦地问了一句："是哪位老师？"

"啥？"父亲的耳朵一定不好使了，他显然没听清我的话，一番小声嘀咕后，母亲接了电话。

"儿啊，那个你爹和我也不懂，这交了学费，就录取了，你还用考试不？不用考试了的话，哪天回家？"

我的脑海里翻云覆雨，错乱如麻。我绝对清楚，无论考哪一所大学，高考的文化课都是要考的，况且提前一两个月录取这种事，听起来就不太靠谱。

老师开始催促了，后面的同学也等不及了，我压着颤抖的声音，跟父母说了声"勿念放心，一切都好"。

挂断电话后，我有阵子没缓过来，不知道是不是陈老师给我留下的阴影，这些年来，只要和钱有关的事情，我都格外敏感。

我想象着书店老板憨厚老实的模样，心里默念着——

"求求你一定是个好人。"

那天夜里我就失眠了，反复想着学费究竟交了多少，交到了哪里，交给了谁，录取的是哪所学校。

倒不是真的计较这点学费，只是在乎，父母应该再也经不起折腾了。

第二天考试的时候，眼皮一直困得打架，浑浑噩噩中我交了试卷。直到所有科目考完后，我才彻底清醒过来。

完了。

一切都完了。

我的人生也完了。

考完的第一时间，我就冲出校门，来到了那家书店。看到书店仍然开着，我心里安稳多了。

一步一步迈进去，我多希望迎面而来的是憨笑可掬的老板，他向我道贺。

可我并没有发现他的身影。

人不见了。

我冲到二楼收银台，发现坐在收银位置的却是一个女人，一个嗑着瓜子的女人。

教我画画的陈老师看到我，还是有些错愕和尴尬的。

我问她："老板人呢？"

她迟迟疑疑地说："什么老板啊？我就是老板。"

我的心里又咯噔一下，感到自己仿佛陷入了一个圈套，一个永远逃不出宿命的圈套。

"先前那个一直坐在这里的胖胖的男人呢？"我冷静地发问。

"你说我弟啊？他前阵子赌输了，抵押了我家一套房子后，自己就跑路了。该死的王八蛋，最好永远也别回来。"

陈老师认认真真地咒骂着，丝毫没觉察到我脸色的异样。

拖着大包小包的行李，我走了很远很远的路，回到了家里。

不知道是因为步伐太过沉重，还是因为确实有段时间没回家，我觉得这段路竟然好长好长，长到我想放弃，干脆一屁股坐在原地，任凭命运和时间玩弄，不再反抗。

到家后，父母喜笑颜开，他们热情地欢迎着我。

看到桌子上做的全是我最爱吃的饭菜，我一下子扑倒在母亲怀里，哇哇大哭起来。她连忙慌乱地哄着我，因为几个月没见面有点生疏，语气显得有些无所适从。

独自坚强了这么多年，我从没有这样脆弱过。

我刚要开口和他们说发生的一切，让他们马上找许国威，把陈老师和她弟弟骗的钱都追回来，父亲就把我从母亲怀里拉了出来。

"别哭别哭，考不好也没关系，下半辈子爹给扛着！"他傻兮兮地笑着，头发已经全白了。

父亲拍拍胸脯和我说，许国威刚刚上任当了新一届的镇长，特批父亲的这块田地，属于镇里重点项目的实验田，家里马上就又会发财了。

"许老师真是咱的贵人！现在当上了镇长，只手遮天，却还不忘关照咱！"

我哭得更大声了，撕心裂肺的，想把这么多年的委屈都哭出来。

然而除了哭，我终究无法说出任何真相。

Chapter 07 🍒

和预想的差不多，我的高考成绩比平常模拟考试差了足足三十分。我只考到了一所并不算好的理工类学校，读会计专业，庆幸的是，大学就在青岛。

开学报道的隔天，母亲就病重了，她被确诊为癌症，医生说只剩下五年不到的时间。

电话里父亲的声音很低落，我能听得出他的无助。

想到那年我在田埂里画画，母亲闭着眼睛对我说，靠想象力，远处的大山就不再是山，而海也不只是蓝色。她是这样一个浪漫的女人，又那么温柔，怎么会不被老天眷顾。

我恨命运的不公，恨人生的残酷。

可是，要认输吗？

绝不能认输，从初中躲在书店看书的时候，我就明白，我的人生确实应该仅由我自己把握。于是我发誓，五年内，我要带母亲去看一次真正的大海。

带着这样的信念，我重新燃起了斗志。白天，我在学校努力学习专业课；晚上，我就跑到附近的美术学院去旁听课程；周末我都用来画画，从网上搜罗各种有奖金设置的画画比赛。

那段时间确实灰暗，每天省吃俭用，还要辛苦地在两所学校跑。为了省钱，我从不坐公交，而是走上半小时，还好有当年来回给父亲送饭的底子，我并不觉得有多么劳累。

除了考到青岛以外，另一件值得欣慰的事，就是我结交到了一个志同道合的好朋友，它们满足了我之前唯二的两个愿望。

新结识的好朋友很漂亮，也很有才华，是我在旁听美术课程时认识的。看到她的第一眼，我就有一种似曾相识的感觉，那种奇妙的感觉一下子把我和她拉近到了一起。

她会发我美术学院精品课程的时间表，还会在教室里帮我占座，周末我画画的时候，她也在一旁画，我们一见倾心，坠入爱河。

我为她画飞舞的大象，画排着整齐队伍坐在板凳上的野鸭，画飘浮在空中的房屋，还有下大雪的春天。

我为她写诗，为她做手工，努力变成浪漫的模样。

我带她去看电影，灯光暗下的一刻，我把她紧紧抱在怀里。

和她一起玩桌游的时候，我主动申请当狼人杀里的法官，当我要求所有人都天黑请闭眼时，我偷偷地亲吻她的额头。

……

我不再害怕生命里的孤单，也不再害怕迎头来的打击，我相信，善良的人会有好运气。

半年以后，我跟父母交代了我恋爱的事情，他们听了，声音都变得亮了起来。母亲硬要扯大了嗓子向我证明她身体很好，却总是在最后一个破音后，又咳得撕心裂肺。

父亲叮嘱我全力以赴，考下会计证，找份好工作，留在青岛。

他开玩笑地说，他才不想让我回去。

零零散散地，我靠画画投稿，得到了一些稿费，大部分寄回了家里，骗父母说是打工的钱，剩下的一部分，留给了我的女孩。

大二那年，母亲的病情突然恶化。

我又搜罗了几项奖金丰厚的比赛，虽然诱惑很大，可参加比赛的报名费，加起来却也是个不小的数字。

不巧的是，那段时间学校组织大家参加全国的会计考试，要交一部分报名费。除此以外，因为我的专业课成绩好，学校允许我修第二学位，然而在修第二学位的时候，又要交一笔学费。

一时间，我几近崩溃。

坦言说，那段时间的我很是为难，一边想碰碰运气多赚来一些画画比赛的奖金给母亲看病，一边又想踏踏实实地考下会计证和第二学位，让父亲放心。很多时候，我甚至一个人躲起来，任由错综复杂的头绪痛苦地鞭打着自己。

为此，我的女孩也和我吵了不少的架。

后来我受一部电影作品的触动，导演是当年大热的青年导演王若凡，影片名叫《静初》，讲述了一位离异母亲独自带大女儿的故事，她鼓励不被看好的女儿，不要在意别人的眼光，勇敢地为自己而活。

我很喜欢影片里母亲说的话，她说："每一个年轻人，都应该为自己的梦想彻底奋斗一次，不管生活给你多少恐吓，都不要轻易倒下，如果伤口迟迟不肯结痂，那就自己来做自己的铠甲。"

是啊，我曾面对那么多的坎坷，也曾蹚过那么多条长河，当我以为自己再也爬不起来的时候，我总是又一次爬了起来。

时间将我打倒，时间将我碾碎，可我也向着时间证明，我经历了时间，我依然活着。

当失去又获得，当起起伏伏，当放弃又坚持以后，才会明白：或许人生就是一场充满悲剧的旅程，可重要的是，能否在其中发现希望的光亮。

最终，我下定决心放弃第二学位，也暂时缓考全国会计证，而是报名参加这几场奖金多达十万的画画比赛。

做这个决定时，女朋友是支持我的，我俩各自交了报名费，把自己的画作提交给了组委会。我交的是一幅画风荒诞的作品，在一片荒芜的麦田上，一头老黄牛抬头望着皎洁的月光，她说她交的是芭蕾舞女。

焦急地等待了一个月的时间，组委会刊登了入围比赛的名单，然而我并没有看到我的名字。

也没有看到她的芭蕾舞女。

得知这个消息后，我赶到她的学校，想给她一个同病相怜的拥抱。

她却没有见我。

我能懂她的失落与难过，和当初高考落榜的我没什么两样。

我们都是经不起打击的无名小丑。

一周后，她提出了分手。

Chapter 08 🦆

再回到家时，母亲已经失去意识了。

父亲见我赶到，拍了拍我的肩膀。

我拎着买来的鲜花，想让她走得浪漫一些。

守在母亲身边的时候，我就那样静静地看着她，她可真美丽。这么多年过去了，她依然有好看的鬓角，温润的眼睛，宽长的嘴唇。

握着她的手，我无声地流下了眼泪。

后来父亲坐在我的身边，我问他，母亲有没有给我留些什么话。他像是想起了什么似的，起身翻腾出一张报纸。

"你娘说，你小的时候，她没说错，鱼是长在树上的。"

说完，他就哭了起来，我知道他不是哭母亲留下的这最后一句话有多可笑，而是哭母亲仍然全部记得，我小时候她说的每一句话。

父亲伸手指了指报纸上刊登的画作，上面有粉色的大海，卷起抽象又怪诞的浪花，近处是张牙舞爪的树，它们随着海风伸展着枝干和叶子，像海里游动的鱼似的，那些树上还有鱼，鱼就在树上自由地游动。

荒谬，可爱，生动，又充满张力。

我顺着报纸上的新闻往下读，这幅被组委会评为"最具想象力"的画作一举拿下这一届全国新锐画家大赏的最高奖励，不愿透露真实姓名的作者系一位高校女大学生，日前已领取了组委会高达十万元的奖金。

我当然一眼就认出来了这是我的画作，也想起了当初恋爱时，我送给女友的情诗和画过的画，其中就有这一幅。她改了画的名字，改了自己的艺名，拿到了这对我而言宝贵又重要的十万块钱。

然后，和我提出了分手。

彻底消失。

Chapter 09 ✉

后来，我向组委会举证，讨回了应属于我的头衔和荣誉，然而我放弃了对奖金的追究，留给了再也没联系过我的她。

她应该已经回到了许镇，回到了许国威和陈老师的身边，毕竟从见到她的第一眼，我就有莫名其妙的熟悉感。我早该想起，她就是当年那个相册上，站在许国威和陈老师中间的小女孩。

没多久，我的画作就在全国范围内大热，我一下子成为知名的画家。

大家夸赞我的作品充满想象力和创造力，不仅我的画被富商们一抢而空，就连那些飞着的大象，坐在板凳上的野鸭，飘浮在空中的屋子，飘着鹅毛大雪的春天，都被买走版权，生产出各式各样的周边产品，疯狂热销。

就这样，似乎一夜间我就拥有了足够多的财富，终于成为赫赫有名的大人物。

把父亲接来青岛住后，他更加黏我了，整天絮絮叨叨，问我要吃什么。他甚至还学会了撒娇，总嚷嚷着让我带他出去玩。

我拉着他，带他到青岛的海边看海。

四月的海风还有些许的凉，吹在脸上，让人有流泪的冲动。

父亲忽然就大声哭了起来。

我知道他是想念母亲了，母亲这一辈子都没见过大海。

他小声念叨着母亲的名字，哭着说，海是蓝色的。

我站在父亲的后面，看着他一如当年田地里的孤独背影，大声地喊——

"爹！你看到娘了吗！"

父亲回过身，像个慌张的小孩儿一样，哭得无比凶猛。他说他没看到，然后大喊着问我，娘在哪儿，娘在哪儿。

我朝着他大声地哭了出来，撕心裂肺地喊："爹！用想象力！用想象力！海是粉色的，树是张牙舞爪的，鱼儿都在树上自由地游！用想象力，然后你就能看见娘了！"

我终于哭得没有力气，一屁股坐在了沙滩上。

没过一会儿，父亲对我说，他看见娘了。

"TA想对你说　　　　　　　　阿城"

　　每次遭遇生活的欺压时，我都会觉得我完了，可也不知道怎么的，就又都咬着牙挺了过来。

　　被扔断画笔，被许国威和陈老师骗着上补习班，被书店男人骗钱，被心爱的女孩利用又抛弃，它们都曾是我人生中挥之不去的至暗，可经过时间的大雨冲刷后，生活又慢慢明亮起来。

　　活着就会遭遇苦难，但同时，活着就会拥有希望。

07

泳定河的南与北

人生就是一场宏大的流动宴席，
稍不留神，
安排好的座位就会被换掉。
距离舞台越近的座位，
越容易被换掉，
而那些不费吹灰之力就可以保全的位置，
往往都在距离舞台遥远无比的昏暗角落里。

Chapter 01

我一点儿也不觉得头上的那条疤丑陋，尽管它上面再也长不出头发。

十一岁那年，我在泳定河边玩耍，父亲警告我不许下水，可贪玩的我还是趁他离开的时候偷偷跳了下去。

那是我第一次感受到，没有着落的感觉是多么可怕，这种恐惧感几乎支配了我后面很长一段的人生。

脚踩不到河底，甚至连块可以支撑的石头都没有，我靠着拼命地挣扎才能勉强把头露出水面，而越是充满恐惧地挣扎，重心就偏差得越厉害。

很快我就将失去力气，然后沉入这条河里，和河底的烂泥没什么区别。

临近失去意识的边缘，我忽然看到桥上有人朝我招手，接着我就什么都不知道了。

再醒来的时候，我已经躺在床上。父亲说，要不是有人看到我溺水，喊来了懂水性的村民把我从河里救起来，我恐怕已经在另一个世界了。

为了惩罚我擅自下水，他拿着树枝狠狠地教训了我一顿，最后一鞭子正巧打在头上，当时血就从耳朵边缘流了下来。母亲吓得哇哇直哭，抱起我就往外跑。

我却不动声色。

因为从小，我就知道自己是个男子汉。

在我们这个村子，没有什么正规的大医院，只有一间小小的诊所。

漫不经心的医生哼着歌，拿酒精棉块给我擦了擦，就准备打发我走，可母亲却仍然不依不饶地求着医生给我救治。医生被母亲的啰嗦弄得不耐烦了，才终于肯开口说，我的伤口根本没什么大碍，就是以后得秃一条缝，疤痕上长不出头发。

看见母亲还是不肯走，我也发话了："早晚得秃，男子汉怕什么！"

医生被我的话逗得直笑，他多塞给了母亲一块酒精棉块，挥手张罗着外屋的下一个病人。

过了很长一段时间我才知道，当初在桥上朝我招手的救命恩人，叫陈小芳，和我同年同月出生。

我从前并不认识她，但村子里只有一所小学，所以我们肯定碰过面。只不过从来不正眼看人的我，才不会注意到她。

况且仅是听到这个名字，我就没什么兴趣。

不过，我的名字也不好听，苟延东，大家都喊我"狗哥"。

我出生在一个严冬的傍晚，父亲为了省事，给我起了个"严冬"的谐音。

也是够随便的。

不过父亲一向如此，他做起事来果断坚决，要不然也不会在泳定村混得风生水起，我也不会因此从小就嚣张跋扈，得来一个狗哥的名号。

再见到陈小芳那天，已经是一年后了，她正读小学六年级，我因为成绩不好而留级，还在念五年级。

那天跟在我身后的几个小弟，在学校操场边上围堵一个漂亮的女同学，非要搜刮她身上的零花钱。我最见不得别人欺负女人，那可不是我们男子汉该做的事，于是我朝他们一人给了一脚，吓得他们都不敢再围着那个女孩。

等小弟们往边上散开的时候，我才看清楚被围堵的女孩长什么模样。

她很清秀，扎了个很长的马尾辫，皮肤白得一点儿也不像泳定村里的人。

她把怀里的课本抱得更紧了一点，准备从我们面前走开。

"怎么也得跟哥说声谢谢吧？"我拦住她的去路，嚼着泡泡糖，朝着她吹出一个大大的泡泡来。

"我救过你一命，现在你也救我一次，我们两清了。"安安静静地说出这句话之后，她就低着头跑掉了。

那件事后我才知道，当初那个救过我的陈小芳，原来真的在这个学校存在着。而一群起哄凑热闹的小弟，非要往我头上冠着缘分之类的东西。

可那些婆婆妈妈的字眼，我才懒得理会。

嘴上是这样说，可心里却不知道为什么，总是会想她。

想跟她说点什么，想一点儿也不男子汉地、轻蔑无礼地欺负她，想当初应该拽住她，想那天解围的情景再发生一次，我好表现得更酷些。

摸着滚烫滚烫的脸蛋，意识到心脏跳得扑通扑通，我重重地捶了一下自己的脑袋。

"想什么呢！"

Chapter 02 ◎

陈小芳的家庭条件不好，这从她家住在泳定河南岸就能看得出来。

泳定河自西向东流淌，最宽的河段有足足一百米，可即便夏季时候遇上暴雨，也很难见到波涛汹涌。到了冬天，万物寂静的北方清冷肃杀，泳定河结满了厚实的冰，停止流涌，像沉睡了一样安静。

由于传统，泳定河北岸都是富饶的大户人家，他们住着自己盖的漂亮的三层小洋楼，像我家这样的，还会筑建起高高的外墙，村民从外面经过时是根本看不到里面模样的，有钱人家都以此来显示自己的威严与神秘。

而泳定河南就完全是另一番景象了，没有小楼，多是陈旧破敝的平房小院。倘若河南边的人要去村子里为数不多的学校、诊所、商铺，都要跨过泳定桥，到达我们河北人家生活的地盘。

可我却常常喜欢跑到泳定河边，看南岸的矮小房子，它们并不精致，但却质朴得让人有些感动。

虽然我很少被感动。

我宁愿自己是一个无情无义的家伙，因为只有这样才是一个酷酷的男子汉。

所以，念小学三年级的时候，我就因为在一场斗殴中打过了三个六年级的恶霸而全校闻名，那种被人记住的感觉真好。只不过，没有人知道，为了取得这场胜利，我基本上做好连命都不要的打算了。

所以我并不是天生的打架高手，而是靠着十足的勇气和顽强的毅力，才被大家畏惧的。

和我情况类似的是陈小芳，只不过她的领域在学习，但我认为我们没什么两样。

陈小芳家是全村最困难的几户人家之一，独生女的她要照顾早早就已经瘫在床上的父亲，还要想办法帮母亲分担一些家务。

让她母亲感到欣慰的是，陈小芳的学习成绩非常好，经常考取全班第一名，为此她也赢得了很多同学的钦佩和尊重。靠着努力学习获得尊重的她，和靠着努力打架获得尊重的我，并没有什么本质的区别。

我们活着，都是为了图一个别人的看得起。

在接下来的这一年里，我总是能有意或无意地在学校里碰见她，显然前者的情况居多。每次遇见她的时候，我都会故意挡住她的路，她往左边，我也跟着往左边，她去右边，我也跟着移向右边，什么时候她掉头回去，我才罢休。

我也知道自己这样欺负她一定很惹她的讨厌，可是对于我这样的人来说，能引起她一丝丝注意最好的办法，也就如此了。

跟着我的小弟们当然也帮了不少忙，比如有次他们扎破了陈小芳的自行车车胎，然后让我得意扬扬地推着自行车出场，故意走到她面前，问她要不要搭一程。

她当然没有搭理我，而是冷着脸走开。我可从没受过别人的冷眼，于是小弟们看不过去了，想上前拦住她，给她点颜色看看。就在他们要替我报仇，教训一番眼前这个不知好歹的女孩时，我一声呵斥把他们喊住："算了算了。"

晚上回到家，我怎么也吃不下饭，满脑子都是陈小芳哭着修自行车的模样，脑海中的画面里，她的手脏兮兮的，一副无能为力的样子。

也不知道为什么，一向逍遥冷酷的我，现在却感受到了一丝愧疚。趁母亲不留神的功夫，我就跑到了泳定河边，看着河对岸的人家。

那么多户人家，我并不知道她住在哪一间房子里，只是心里想着，她就在那片地方，弱小无助地对抗着白天发生的糟心事。倘若我能看见她的身影，我一定会大声地朝她喊一句"对不起"。

如果说陈小芳的存在唤醒了我罕见的柔软，那她的离开，则点燃了我的顽劣。

那时正值小学毕业，她去了村里有名的甄冉中学念初一，我却还留在六年级。我哭着闹着跟母亲央求，让她想办法把我弄到甄冉中学去，可是母亲并不理睬我，她只是哄骗着说，我马上就能小学毕业了。

为此我闹了一整个夏天，砸碎了家里大大小小的罐子，还把一扇窗户的玻璃给踢碎了。碍于我头上的疤，父亲没再拿树枝抽我，可他却拎着鸡毛掸子满院子追着我的屁股打，每次被他重重地教训时，我都没掉过眼泪，反而是用更大的声嘶力竭的叫喊声对抗着。

最后我还是留在了这所小学。

我再也不能在学校里有意或无意地遇见她了。

Chapter 03 🍊

我从小成绩不好，父亲打算让我小学毕业后就去他的厂里干活，得知这个消息后，我的第一反应就是不行。

父亲放下手里的烟，出乎意料地看着我："你不是早就不想念书了？"

我支支吾吾也说不出什么合适的理由来，只能以干活太累为由拒绝。一向决绝的父亲下了最后通牒，如果我的毕业成绩没能达到甄冉中学的录取线，就干脆不要念了，毕竟另一所教学质量差很多的中学，念了也没多大的用。

即便父亲的条件有些苛刻，可我却像获得了希望一样兴奋不已，虽然说不好未来会是什么样子，但至少从现在起，我愿意为了考到甄冉中学而努力读书。

我心里清楚得很，我终将再次遇到陈小芳。

于是我把游戏机装进床底下的废物收纳箱，亲手摔断了弹弓和水枪，而我最爱的那些漫画书，也都被我跳着脚扔到了书柜的最上面。当漫画书“砰”一声落在柜子最顶端的时候，常年堆积的灰尘飞扬起来，直接扑在我昂着的脸上。

哇，生活有的时候就是这样，总让人在兴致勃勃的时候，又灰头土脸。

打我有记忆以来，我苟延东就没有这样㞞过，我敢肯定自己的这些改变都是因为陈小芳，虽然我们少有交集。

我当然打探过她的消息，可管理严格的甄冉中学实行住校制，很少能有人跑出来传一些学校里的故事。况且，泳定村的人也少有人去打探，自己的生活还顾不过来，哪有心思去问别人的琐事。

是的，在这一年，泳定村人的日子并不好过。村子赶上几十年来罕见的大旱，泳定村像是被炙烤过的咸鱼一样，干瘪，皱缩，毫无生气。村子里种地的农民仿佛一夜间就都白了头，看着没有收成的田地，心碎成了一片荒芜。

父亲的树林也因为干旱而受到了影响，看着枯死的树林，他的烟抽得更凶了。

他因勤奋而收获过，却又因为天灾而一无所有，母亲总是感慨人在命运的玩弄下显得卑微又渺小，根本无能为力，但父亲绝不允许母亲这样叨念，我知道他是不想认输。

所以如果说生命是一场充满未知数的旅程，那中途偶尔的风暴，偶尔的抛锚，会让人彻底丧失希望吗？

显然这个答案不是肯定的。

父亲走了很远的路，又找了很多层关系，联络到了距离泳定村一百公里以外的番阳市农贸批发市场，在那里以低价进购了大批量的蔬菜和水果，再运到泳定村来卖。

靠着从城市里低价买来，再高价卖给泳定河北岸的有钱人家，父亲暂时弥补了树林的亏损。我们苟家也没有被干旱打倒，而是依然风光地活着。

自此以后，每逢遇到困境，我都会想起母亲在那时对我说过的话。

她说：每一次失望透顶的时候，都会有一颗星星为你点亮，但你要睁开眼，才能看得见。

Chapter 04 ✨

大旱那年，家里另一件喜事就是我考进了甄冉中学，不知道是不是因为父亲激发了我的斗志，我总是觉得我也能像他一样成事。

报道后的第一天，我就到初二年级，挨个班去找陈小芳，我站在一个又一个班级门口，大声喊陈小芳的名字，可是无一应答。

后来我才知道，大旱那年，陈小芳退学了。

作为村里最困难的几户人家之一，她们家没能像我们家一样熬过去。陈小芳的母亲因为饥饿而瘦得更加虚弱，长期的焦虑压抑着她的神经，在某个不起眼的清晨，她闭上眼走了。

最可怜的是，因为家里没有钱，陈小芳没能给母亲查出一个死亡的原因。

"就当她是想走了吧。"陈小芳说。

照顾瘫在床上的父亲的重任，落在了陈小芳一个人身上，所以她只好选择退学。

有很多次，陈小芳的父亲都劝陈小芳放弃，他一天也不想再看到女儿瘦弱的身体扛起重重的柴火和生活的重负，可一想到他若离开，剩下陈小芳独自一人，陈父却又怎么也舍不得，怎么也不放心。

他也很痛，也很煎熬，活着也没什么意思，也想解脱。作为一个没什么用的废人，就算在这个世界苟且地活着，也没人会注意到，如同一只蝼蚁一般，甚至头顶的飞鸟都不会留神。

可是活下去，单单是努力活下去，本就是一件很伟大的事情了。

不是吗?

有关这些,都是陈小芳以前的同学告诉我的。得知她已经不在这所学校了,我像是扑了一场空一样,一下子就梦醒了。

原来我们苦苦追寻的,执着不放的,到头来,都可能只是一场空罢了。

而那些看似美好的,也只是生活抛给我们的诱饵。

没有目标的日子可真是难熬,以往为了找到陈小芳而做的努力,现在看来都一无所用了。我在甄冉中学漫无目的地飘荡着,那种感觉,像极了当年落水后找不到支撑的恐惧。

我不敢回家去找父母诉说,也不知道倘若辍学了之后又能去哪里,所以只好任凭思绪和时间用力地撕扯我,直到被生活的问号折磨得没什么力气。

我终于明白,人生真的是一场漫长的修行。

后来局面得以改变,竟是因为一年多以后,陈小芳来了我的班级,成了我的同桌。

那是初二的时候,我早就因为不好好学习被老师安排在了教室的最后一排,没人愿意做我同桌,所以我只能一个人单独坐。

陈小芳进来的时候,我还在桌上酣睡,直到听到老师念她的名字,和全班同学的欢迎掌声,我才从梦中惊醒。

看到久违的她,我一时有些恍惚,分不清楚此刻究竟身在现实还是梦境。

她的表情很冷漠，脸色也不再那么白了，袖子上挂着一块黑色的布。

老师让她坐到我旁边，我能清晰地看到她低下了头。

陈小芳的父亲还是走了。

一年多的时间里，陈小芳该做的努力都做了，但她的父亲却没能熬过这个冬天。

他走的时候挺安静的，没哭没闹，或许是不想让陈小芳有任何牵挂吧。

陈父也没什么遗嘱，只是走之前，嘴里一直念叨着对不起。

村子里的领导得知了她家的情况，号召泳定村民一起凑钱资助年少的陈小芳，村长又联络了甄冉中学，破格安排已经退学的陈小芳重新就读。

说来也巧，当初她念六年级的时候，我读五年级，后来她要读初二了，我才刚上初一，可命运的转盘兜兜转转，一年多的时间过去后，我们终于重逢在同一个班级。

我和陈小芳，就好像两个不曾咬合的齿轮，交错行走，只不过这一次，我们终于步伐一致了。

陈小芳的出现，瞬间改变了我的生活，我再也没在课桌上打过瞌睡，而是觉得自己的生活充满了新鲜的希望。她应该会感叹到我为她而努力做出的改变，不然，当我再一次挡住她的去路时，她不会再扭头走掉，而是问我有什么事。

虽然她耽搁了一年多的学业，可是成绩还是比我好很多，以目前我在班里倒数的情况来看，等明年初中毕业，我就得被分到村子里的另一所高中读书，而陈小芳还是会继续留在优秀的甄冉中学，念高中。

我当然不会允许这种情况发生，单单是因为她曾经救过我一命，我也不会不负责任地把她一个人孤零零地丢在甄冉中学里。

我和陈小芳说，我是她唯一的朋友，我要照顾她，保护她，直到她走出这个村子，前往自己的未来世界。

"快谢谢哥。"我得意地朝她抛了个眼色，像当年初遇时一样，嚼了嚼嘴里的泡泡糖，向她吹了个大大的泡泡。

"你幼稚不幼稚？"这么多年过去了，陈小芳的语气都没有变过，一直冷冰冰的。

我抬起一只脚，一下就踏在了她的凳子上："为陈小芳同学，我愿意两肋插刀，赴汤蹈火。"

她好像并没有被我的气势震撼到，也丝毫不觉得这样的我有多么酷，回应我的，永远都是她一直以来的沉默。

我知道她看不起我，在泳定河南的人眼里，我这种河北边的孩子，不过是仰仗着父母的钱财，无所顾忌地嚣张，并没什么真本事。倘若放在以前，我一定会自命不凡地否认这一切，然而如今，当我得知我考到甄冉中学是父亲的关系运作后，我就再也没有任何底气反抗强加在我身上的偏见了。

原来当年父亲看我努力学习很是感动，他想支持我，于是给甄冉中学的校长塞了一笔钱，让离录取分数线还有一段距离的我，成功地来到了甄冉中学念书。

只是父亲不知道，他那该死的同情心，几乎扼杀了我年少时代全部的勇气和自尊。

Chapter 05 🌱

我知道陈小芳看不起我，而且持续多年，从她第一次见到我因为贪玩而落水开始，她对我就有着极大的偏见。

在她的认知里，我一定是个一无是处的白痴，一个不熟水性却硬要逞英雄的白痴，以为屁股后面跟着小弟就是大哥的白痴，在桌上打瞌睡学习懒散的白痴，靠着父母供养连读书都要靠父亲走关系的白痴。

当然，我同样也看不起自己。

毕竟获得自我的认同是一件太过于艰难的事情，要想认可自己，只有一个办法，那就是带着悲悯心地接受。

接受自己的一切不足，这是和自己温柔相处的唯一办法。

曾经我很努力地为了陈小芳考到甄冉中学，可到头来我才察觉自己依旧没有这个本事，依旧要靠着父亲施舍性的援助。而当我正想改头换面努力做个积极向上的人时，陈小芳用她的冷漠将我一棒子打醒。

原来不管我多么努力，我还是大家心目中的那个老样子——我依旧是一摊扶不上墙的烂泥。

于是在接受了自己不管多努力到头来还是烂得像摊泥之后，我发现日子变得简单又通透。

我不喜欢规矩地上课，所以就把腿跷起来踩在凳子上；我成绩不好，所以懒得费力气去争取什么。既然得不到别人的欣赏，那还不如只取悦自己。

整个初三生活，我过得都轻松又快活，即便是中考来临的那天，我也没有丝毫紧张。

不出意料，我的中考成绩远远不够甄冉中学高中部的录取分数线，于是我只好去往另一所高中读书。

陈小芳当然留在了甄冉中学，而且是以全校前五名的成绩留下的。

或许，我们永远也成不了相互咬合的齿轮，而本就该是两条交叉的直线，短暂的交会之后，就离彼此越来越远。

来到新的高中，我的日子更加无聊了，很显然，我对陈小芳还有着奇怪的憎恶——我厌恶她对我的否定，厌恶她对我的冷言冷语，厌恶她让我觉得自己一无是处，无可救药。

带着这种厌恶，我坏得更嚣张了。

我要做这所高中最出名的坏人，然后让这个消息扩散出去，传到陈小芳的耳朵里，她就会恐惧我。

怀着这样的想法，我似乎就获得了她的关注，于是日子又顺理成章地充实了起来。我像是患了病一样，在村子的这一头用力地折腾着——打群架，破坏学校的公物，和老师叫板反抗，公开反对校长定的制度。

企图村子那一头的她可以听说些我的行径。

我能做的一切坏事，我都做尽了，可还是没有听到一点她的消息。

高二那年，有人向我挑衅，叫来了将近一百个帮手。倘若我认怂逃跑，以后这所高中就没人会叫我狗哥。他这样咄咄逼人，无非就是想跟我争谁才是这个学校的老大，要是我认输，委屈自己做个老二，包括陈小芳在内的所有人都会看不起我。

我才不会让他们看笑话。

于是我费尽了力气，找了七八十号人，他们中的一些人都是我出生入死的好兄弟，而另一些人是这些好兄弟帮我找来的社会上的专业打手。

约定好打群架那天，泳定村都轰动了，父亲和母亲满学校地找我，要是被他们抓到，父亲肯定又会把我教训一顿，而母亲，一定早就哭成了泪人，问我为什么要惹麻烦。

我躲着他们，喝了半瓶白酒就去了约架的地方。

到了约好的泳定河岸，河面上的飞鸟都争先恐后地飞走了，堤岸上的草丛似乎都半鞠着身子躲避着，只有太阳发出好奇的眼神，日视着即将发生的一切。

其实我和对方都知道，这种约架，无非就是比谁人多势众，架势小的都不用打，直接就得认了尿。只是我们谁也没想到，不知道谁和谁先发生了口角，还没等我们发话，就先动了手。

动手的双方我都不认识，应该是兄弟们叫来的社会上的打手，他们撕扯在一起的时候，我赶紧跑过去。

大概也就是十几秒的时间，场面就不受控制了。人群像惊慌的蚁群，恐慌中交织着兴奋，所有人都扭打在一起。人最原始的烈性都在这一刻膨胀，变成了伤害别人的触角。

不知道什么时候，人群里突然开始传来大声喊叫："杀人了！杀人了！"

我看着攒动的人头，一时间有些茫然。

随即，我听到警车的声音从很远的地方传来，这帮家伙一哄而散，全都四处逃窜。

看见有人躺在地上，血流成河，我本能地上前去看伤势情况，尽管他属于对方阵营。

当我用衣服缠住他的伤口为他止血的时候，警察从岸上挥舞着棍棒冲了下来。

后来我被送上了警车，带到了番阳市的警察局，而那个伤势严重的男孩被送去了番阳市医院。

据说他在半路就死了。

得知他的死讯时，我就意识到了情况不妙。直接杀人的罪犯并没有抓到，而我是现场唯一剩下的嫌疑人，在找到罪犯之前，警局只能先把我关起来。

我反复说着我什么都不知道，可事实上，我的确就是这次斗殴事件的主谋，我也的确背负着故意杀人的可能。

那个秋天过得可真慢啊，慢到我觉得叶子都不想从树上凋落。我被关在一间窄小昏暗的牢房，看不见外面的阳光。

行凶的罪犯一直杳无音讯，也没人自首，而我作为替罪羔羊，只好一直被关押着。

后来陈小芳毕业了。

后来母亲因为精神长期失常而患上了痴呆症。

后来父亲的生意赔了本。

后来的后来，一切都变了。

Chapter 06 🐦

你有过对生活失望到绝望的时刻吗?

我有。

你有过怀着希望等天亮，却被接二连三的苦难一次次打倒吗?

我有。

你有过觉得活着实在太辛苦的感觉吗？

我有。

在牢房里的日子，难以分清时间的流逝，今天是何年何月何日，也变得没那么重要。

我想念外面的世界，想念父母和陈小芳，可是这些想念都像石沉大海一样，静默无声。

我不知道这几年我是如何熬过去的，当有一天得知我即将被释放时，我甚至都麻木得没有感觉了。

离开牢房的那一天，是父亲来接我的，我永远也无法忘记见到他的那一刻，我没了力气，几乎是跪倒在了地上。父亲变得无比苍老，倘若不是事先知道他会来接我，我一定认不出他。父亲将我从地上抱起来，像小时候一样抱着我，哭得哽咽，比我还凶。

我和父亲说着对不起，他却一直摸着我的头，告诉我他知道我是一个好孩子。

后来回到家时，我几乎已经不认识泳定村的模样了，这里发生了很大的改变，以前不通的路现在通了，以前矮矮的河堤，现在也高了许多。我走着陌生又熟悉的路，和父亲来到了泳定河以南。

推开一间平房破烂的铁门，父亲和我说："我们到家了。"

我环视四周，臭烘烘的垃圾，干枯的植物，缠绕在一起的铁丝，杂乱无章的废物，挂在院子中间的晾衣绳，再也没有当年泳定河北三层小楼的影子。

我的心跳忽然加快了。

我快速走进离我最近的一间房间里，里面充斥着残羹剩菜的味道，离开厨房，我又走进另一间房，客厅里空空荡荡，一贫如洗，里屋的床上只有一床没叠好的被子，进门的地上只摆着一双拖鞋。

我的汗在三月清冷的天气里，疯狂流下。

"娘呢？"

看着父亲憋红了的眼睛，我得知了那个我害怕得知的答案。

娘去世了。

父亲这大半辈子辛苦攒下来的钱，都用来给母亲治病了，到头来，他还是没能留住她。她太狠心了，花光了父亲的钱，然后挥了挥衣袖就走了，剩下父亲一个人，家徒四壁。

而我是最狠心的，如果不是我，母亲也不会落得这样的地步。

是我杀死了我的亲生母亲。

那阵子我常跑到泳定河边上，朝着河北边的方向发呆。

我在想，如果当初没有被陈小芳救起来，是不是就不用面对现在的这一切。我还在想，现在有出息了的陈小芳，会不会已经住在了河北面，她或许也正像当初的我一样，朝着南岸的方向看着。

我感慨命运，可真是无常而又诡秘，它就像是一个巨大的转盘被随意地转动，当停下来时，转盘的指针指向什么位置，我们就需要走到什么位置上去，容不得一丁点反抗。

看着点点星光从头顶的夜幕上掉落下来，砸在面前安谧的泳定河上，碎成了很多斑驳的光影。河水倒映着星光，摇曳着，像母亲的摇篮，我似乎看见母亲在对我说，别放弃。

忽然鼻子有些酸涩，我抽了抽，想赶走悲哀的情绪，可抬头看到星光的那一刻，我又想起了母亲对我说过的那句话。

她说：每一次失望透顶的时候，都会有一颗星星为你点亮，但你要睁开眼，才能看得见。

我明白，人生就是一场宏大的流动宴席，稍不留神，安排好的座位就会被换掉。距离舞台越近的座位，越容易被换掉，而那些不费吹灰之力就可以保全的位置，往往都在距离舞台遥远无比的昏暗角落里。

所以必须不停战斗，才能不停靠近那个闪亮的舞台，除此以外，别无二法。

Chapter 07 🍸

离开泳定村的时候，我没有一点留恋。

和父亲道了别，我扭头就踏上了背井离乡的路。我和父亲发誓，要尽快混出点模样，然后让他从那个恶劣的生活环境里搬出去。

父亲只是苦笑，我知道，他对我没有太大指望，他对我的嘱咐只有两句，一个是钱不够花了记得来找他，二是千万别打架。

要乘车两天一宿，才能到北京，那个充满机会的地方。人们都说，在北京只要肯努力，不愁赚不到钱，可像我这种农村来的人，不知道北京真实的模样，只觉得它陌生得如同庞然巨兽。

不过我知道，陈小芳考到了这里，在北京念大学，这也算是一种靠近她的方式吧。

到了北京西站，正是清晨，车厢里的人如同蠕动的虫，慢慢苏醒，慢慢收拾行李，准备踏出车厢，来到这座神秘而又令人向往的城市。他们一定和我一样，还不知道在这座城市之中要面临什么挑战。

但总之，苦日子就在我们满心的期待中正式开始了。

说实话，踏出车站的那一刻，我并没有一点向往，也没有一丝期待，脑海里充斥着的，只有如同浆糊般的迷茫。

手头的钱并不足以让我租房住，于是我就在通宵经营的麦当劳里过夜，在这里，完全不需要担心睡不好，因为两手空空，连小偷都不会惦记，所以尽管大胆地睡去。

第二天醒来，趁着打扫卫生的阿姨不注意，我溜到了洗手间里，反锁上门，用手捧起水，快速地漱了漱口，又洗了把脸。也不知道为什么，那时候的我脸皮很薄，竟然觉得偷偷用公共资源是一件很羞耻的事情。

直到后来，打扫卫生的阿姨咧嘴笑着对我说："不用躲着俺偷偷摸摸的，这里厕所随便用，俺一个打扫卫生的，也管不了恁！"

就这样，我在那家麦当劳里住了两个多月，和打扫卫生的阿姨成了朋友，还认识了一个和我一样的流浪汉，只不过和我不同，他是负气离家出走。

白天的时候，我四处寻找工作，在小吃店里打零工，做一些诸如洗碗、擦地、收拾顾客剩饭剩菜的杂活。我一直都把小吃店老板给的卫生口罩戴得严严实实的，生怕某一天遇见陈小芳，我才不要她见我这番模样。

后来我又去了一家游戏厅打工，虽然赚得和小吃店一样多，但是工作却轻松多了，我只需要在游戏厅里站岗，谁的机器有故障了，我就拿着钥匙过去把保险门打开，重启一下里面的机器。

再后来又换了份工作，到了一家歌舞厅去当服务生。歌舞厅里每天都能听到好听的歌，我最喜欢的是我们歌舞厅的头牌歌手阿寺唱的，他的嗓音空灵又沧桑，像是能抵触我的灵魂一样。

我们的领班经理叫秦雪芹，她外表像一个大姐大，可实际上却是个豆腐心，所有人都怕她，可我完全不怕。因为她对我确实挺好的，下班晚了会请我吃路边的烤冷面。看我实在可怜，月末还会想尽理由往我兜里塞一张红钞票。冬天的时候，她从家里拿来两条厚毛毯，让我盖着睡觉。

她人挺善良的。

而我一点也不和她避讳没租房住，这没什么丢人的，我也从不觉得生活有多苦，因为当我把赚来的大部分钱都寄回家里给父亲时，我觉得我就是全世界最伟大的儿子。

我为自己感到骄傲。

北京这座城市，说小也小，说大也大。我曾在夜里从城南边一直跑到城北边，一点不觉得这个城市大，可就这么点大的地方，我却再也没遇见过陈小芳。

不过女人我倒是没少遇到过。

比如在迪厅里形形色色的女孩，她们有的只是来寻欢作乐，有的是失恋来发泄情绪，我眼看着她们被灌醉，又眼看着她们被一个个男人带走，祈祷陈小芳千万不要来这种地方。

迪厅的收入算是不错，不仅有基本工资赚，还有小费拿。有时候遇上一些上了岁数的富婆们，她们让我陪个酒，我就能赚五百块。忍着心里的抗拒，我仍旧照做了。拿到滚烫的五百块，我用力地攥在手心里。

我往家里寄的钱越来越多，多到父亲不放心，一定要我回去一趟。见到我的时候，他除了发现我比以往更加瘦以外，也看不出我有什么变化。

我能有什么变化？赚来的钱，没在自己身上花过一分，怎么可能改头换面？

因为我知道，我欠我父亲的，还有欠母亲的，就是这样干一辈子，也偿还不上。

父亲问我在北京做什么工作，我当然没敢说在迪厅里做拿小费的服务生，他一定接受不了。我和父亲说，我在北京做导游，每天领着上百个游客到故宫、颐和园，还有长城。

父亲笑了，眯着眼睛，皱纹一下子就密集起来。

他掉了好几颗牙，胡子也都又白又长，可还是忍不住笑，那是一种发自内心的笑。

他问我故宫长什么样。

我说，故宫很漂亮。

他又问我天安门有多大。

我说，天安门光门就很大很大。

他最后问我颐和园里有什么。

我说，颐和园里有很好看的园子。

父亲听出了我在撒谎，可他没再说些什么。

Chapter 08 🙈

再回到北京时，我打算租个小房子住。

雪芹姐和我说，她可以收拾出来一个小房间，让我在里面暂住，每个月只需要分摊水电费就好了，不收我的房租。我兴奋坏了，抱起她转了一大圈，直到尴尬地意识到，这有些不合适。

不过后来她又反悔了，躲躲闪闪说了一些理由，总之就是没让我住进去。后来听别人说，她把那个小房间租给了一个年轻的女孩，我去问了，女孩叫秦乐意，不叫陈小芳。

只要不是陈小芳就可以。

找房子期间，我觉得北京忽然令我感到亲切起来，这是一个努力活下去就能站住脚的地方，虽然我站得跌跌跄跄，但总之能看到生活的一丝光亮。我后悔这么晚来北京，我应该再早点来的，那样我就能赚很多钱，可以给母亲花了。

也不知道她在天上过得好不好，是不是也会常想我。

这是我在北京的第五个月，当我终于准备搬离麦当劳的那天，我竟然有些兴奋，因为我就要住进自己的小房间了。

和我合租的是一位刚毕业没多久的医学生，在北京的一家大型医疗研究院上班，做血液研究，早出晚归。刚搬进去的时候，我们还都有些害羞，彼此都没几句话，可很快我们就熟络了起来，像亲哥俩一样喝酒、聊梦想、谈未来。

我们相处得挺好，一直称兄道弟，直到有一天他请我去医院帮他做血液样本采集的志愿者。

那是我永远也不会忘记的一天，我作为他的志愿者，免费献血给他做样本，支持他的医疗研究项目，可他却无情地告知我，我患上了白血病。

他怎么可以这样对我，他这个混蛋。

我不相信这冰冷的机器检测出来的结果，我也绝不可以在这个时候患上白血病，我不能还没和命运交战就被它一下子击倒。

可真真实实的，他和机器都是对的，只有我错了。

才刚搬进租来的房子不到一个月，我就意识到我没有未来了，我的心像是被掏空了一样。

我想象了很多种疼痛的样子，他们都比小时候父亲抽在我身上的树枝要痛得多，它们不可名状，它们无从捉摸，可却真真实实地在我的身上灼烧。

我的生命基本上来到了终点站，我再也不用去思考那么多要努力的未来了，那些有无数可能性的未来都与我无关，或许这也是一种解脱。

可，唯二留恋不舍的，一个是年迈的父亲，一个是这么多年杳无音讯的陈小芳。

生命结束的那一刻，是什么样的感觉呢？

像是从很高的楼上摔下来？

会很痛吧，可或许疼痛转瞬即逝？

生活可真是残忍，它如无情的铁锤，在人脆弱的间隙乘虚而入，用沉重一击告诫着，要战斗，不能输。

我越来越肯定，活下去，单单是努力活下去，本就是一件很伟大的事情了。而也正是因为生活中有这些磨难，努力地、肆意地、热情地活着，才变得珍贵而不易。

我越来越信仰母亲和我说过的那句话——每一次失望透顶的时候，都会有一颗星星为你点亮，但你要睁开眼，才能看得见。

Chapter 09 🍒

父亲从泳定村打电话来，说他想我了，这些日子他在收拾院子，早就枯死的植物被连根铲除，他种上了石榴树，没多久我就能回到家，吃到甜蜜的石榴了。

他还说，看着泳定村张叔家都抱上了孙子，他很羡慕，我也该考虑考虑个人问题了。

最后他说，我是他的骄傲。

得知患病的第三天，我就把刚租的房子退掉了，又住回通宵经营的麦当劳。我打算省下所有的钱，再努力赚能赚到的钱，一口气都打给父亲，然后安静地等待那一天的到来，无牵无挂地走掉。

为了快一些赚钱，我去迪厅找那些富婆，陪她们喝酒。其中一个富婆比我年纪大十五岁，每次给我的小费最多，有一次喝多了，她把我带回家，三层高的别墅里装饰精致豪华。

她从抽屉里拿出一沓子钱，甩在我身上，要我留下来陪她过夜。我脱了衣服裤子，一丝不挂，赤裸地站在她面前，可就在那一刻，陈小芳生气的脸浮现在我眼前，就像当年被扎破了轮胎一样生气。

　　我提起裤子，跪在地上给富婆磕了三个响头，道完歉后就飞奔了出去。

　　我顺着不知道是哪里的街道疯狂地奔跑，泪水一路横流，难以抑止。

　　后来富婆向迪厅老板告状，老板顾及利益关系，把我开除了。

　　为了再赚最后一笔钱，我又加入了一个诈骗组织，专门骗学生的钱。

　　诈骗组织首先会盗取学生们的QQ账号，然后冒充账号本人，群发消息给好友，统一的汇款理由都是自己正在国外的机场，买回国机票时信用卡刷不了，要好友转来钱借用一下，回国后一落地就偿还。这种诈骗金额不大，一般就一两块钱，很多人都在情急之下被催着汇款而上当。

　　入行的第一天，我在心里把自己谴责了一万遍，并痛快地跟自己说，我会以死谢罪。

　　第一次诈骗，我只群发出去了5条信息，虽然按照领导的指示，我应该群发至少10条。但没什么经验的我可不敢，五个人我都可能回复不过来。

　　看这群陌生的人上钩是一件很有意思的事，有的会直接询问是否被盗号了，有的会拨来视频电话做确认，也有的人会说打电话沟通。在无一例外的失败中，也会有小案例的成功，比如其中一个女孩，二话没说，就给我转了账。

收到她的款项时，我的眼睛唰一下就红了。

她是陈小芳。

顺着我们的聊天记录看，她的语气和以前没多少变化，打开她的QQ空间，里面写满了和我有关的故事。

她写道："曾经我有一个很喜欢的男孩子，他很幼稚，很无聊，一副长不大的样子，尽管我喜欢他，可他也看不出丝毫。我的父亲瘫在床上，母亲又离开了人世，我无依无靠，在我很需要他的时候，他却只会踩在桌子上，朝着我吹泡泡糖，让我像他的小弟一样崇拜他。

"都说青春里会有那么一段不可理喻的感情，我想他就是那个人，这么多年过去了，我再也没遇见他。

"后来我买了很多很多的泡泡糖，也去了泳定河北边找过他，听说他也来到了北京，可这偌大的城市里，我还是找不到他。

"如果还能遇到他，我愿意把他的幼稚都小心翼翼地收藏好，藏在怀里，捧在手心……"

我蹲在墙角，哭成了一个傻瓜。

眼泪止不住地向外横流，它们放肆地流淌，淌过安详的泳定河，淌过北京城，淌过让我祭奠的青春。

我颤抖着双手，一个字一个字地敲着，回复在电脑那端一直问我有否收到的陈小芳——

"亲爱的小芳，我是苟延东。

"对不起，辜负了你这么多年的喜欢。一直以来，我都是一个狂妄且没用的家伙，我一无是处，烂得和泳定河底的泥巴一样。

"我一直不知道自己想要的是什么，于是错把逞英雄当作是伟大，错把出风头当作是优秀。在我无恶不作的时候，我只是希望你也可以有一点点的注意，给我这个傻傻的男孩儿。

"能在这个偌大的城市里，遇见你，失去你，找到你，我已经此生知足。

"我知道我不配，但我，仍想成为你的骄傲。"

发过去最后一个字，我已经用尽了全身的力气，软软地瘫在地上时，这么多年的委屈和苦难，也都彻底消失了。

人啊，万不可向生活投降，万不可丢掉自己。

我拨通了报警的电话，自首的同时，也举报了整个诈骗团伙。

就当作是，我此生做过的为数不多的好事吧。

Chapter 10 🪐

没多久，我因诈骗罪，又回到了再熟悉不过的牢房。

不过这边的条件可比老家那边的要好多了，伙食不错，牢房里也能见到外面的阳光。

后来那个和我同租的医学生看到了我的新闻，前来监狱看我。

他流着眼泪和我说对不起，原来当初他拿我的血液做样本时，和另一个志愿者的样本混淆了，那个人现在因白血病住进了医院，而我的血液样本显示，我是健康的。

我搬离得太匆忙了，他一直试图找我，直到看到我的新闻。

听罢，一束阳光透过会面室的玻璃窗照了进来，打在我的右脸上。

那可是隆冬的阳光，轻薄又微弱，可我分明感受到了一股强烈的暖意，如同星火一般，点燃了我的身体。

那一刻，我终于弄懂了母亲说的那句话，她说——

每一次失望透顶的时候，都会有一颗星星为你点亮，但你要睁开眼，才能看得见。

"TA想对你说   荀延东"

在牢房的日子里，我还认识了一个叫陈诚的男人，他吸了毒，行了贿，被抓来了这里。不过陈诚和我说了，对于未来，他一点也不怕。

我也不怕。

或许逆流而上的前进会无比艰辛，生活的重负、时间的折磨，都会像隆冬飘落的大雪一样，一层一层铺盖下来。

但当固执地向前，拼了命地穿过严寒之后，我们终会发现，春天就在眼前。

FD I'M NOT AFRAID.

The end
写在最后

遇见孤独 🌼

26岁这一年，我遇到了更为深刻的孤独，这种孤独，不再是简单地感到寂寞，而是开始集中于思考之时。当频繁地陷入思考时，孤独就会悄然而至。

思考人生和命运，思考琐碎的情绪，思考别离，思考理想的意义，思考时间的逻辑，思考如何尽全力——它们皆是些无聊的命题。

并且没有标准或固定的答案。

于是这些漫长的、冗杂的、反复的思考，最终落成了心底的尘埃。

它们当中的大多数，都来自对自我的不满、对生活的无助、对成长的烦恼、对未来的迷茫，可到头来，这些思考并不能解决上述任何一道难题。

有时候从这些无聊的思考里清醒过来，会下意识地强迫自己出去走走，或是干脆去远行。然而不管走到什么地方，内心的拷问都仍然炙热，它们从不放弃对我的纠缠，仿佛是提醒着：这些念想是无法逃避的，必须面对，然后放下，才能解脱。

于是让自己勇敢地直面思考的问题，就成了突出重围的唯一办法。

感到失望 ●

在直面思考的过程中，我们时常会遇上不得不"承认"的时刻。

承认不够耀眼，承认孤单，承认打不赢时间，承认手足无措，承认所有不想承认的生活真相。

这无疑是痛苦的、令人失望的，因为承认就意味着接受。

这一年来，我也在学着承认和接受，包括那些生命里来去自如的关系，它们当中的有些，充满惊喜地来，却不打一声招呼地走。

我失去了一段曾喊着要地久天长的友谊，不管我怎么想不通，都失而不复得，就像一不小心砸在地上的瓷碗，再也拼不回当初完整的模样。那些捡不起来的碎片，我索性就把它们放置在那里，不做任何挽回。

同样地，人生中很多解决不了的难题，也本就应该搁置，不以任何方式碰触。而那些爱而不得的人，也应该放他们一马，他们一定会有自己最终的归宿。

我也开始学着承认和接受名利的流失、褒贬的不一、机遇的擦肩而过，诸如此类。当不再过度苛责自己的时候，日子也仿佛轻快了许多。

在学会承认和接受以后，那些自我的挣扎都会被平复，感到的失望，也都会变成最自然的情绪，掺在喜乐之中。

于是在每一次过分严格的自我审视中，我都会默默念道：

不必让每个人都喜欢我，不必每件事都做好，不必每次成长都面带微笑。

保持相信 •

承认和接受现实的过程中，长久信奉的事物偶尔会被击垮，只是我不再难过得像个小孩，而是跟自己说，地球一直在转，时间一直在走，我们一直在变。

写作这本书的一年时间里，我搞砸了一些事，也弄丢了一些人，甚至在我没有任何动作的时候，都会有令人沮丧的遗憾，扑面而来。和你一样，我时常也会觉得自己遇到了困难的屏障，它们遮蔽了我的视线，于是世界黯然无光。

每当这些时刻，我都会觉得自己仍然抵抗不了生活这头巨兽。

然而，跌倒的时候，我可以再站起来。

输了的时候，我可以再重新来。

失望透顶的时候，我可以选择再相信最后一次。

于是慢慢地，人生就在一次又一次摔倒又爬起、输掉又重来、失望又期望中，有条不紊地进行着，而成长留下的这些轨迹，也都在时间的牵引下，和我们握手言和。

所以再遇到生命当中不可避免的黑暗时刻时，我都会跟自己说，别再胆小畏惧，勇气会成为光亮。

耐心一些，坚持多点，保持相信，我们终会越过这段黑暗。

这本书，送给你 •

遇见孤独，感到失望，保持相信，这是我这一年来最大的感受，也是我写作这本书的目的。

在遭遇生活黑暗的时候，希望借书中七个来自社会各层小人物的寻光故事，向你证明，我们终将在时间的捶打中，一点点变强大，而当我们真正强大以后，就不再畏惧任何黑暗。

除此之外，不知道你是否发现，这七篇故事，每一篇和每一篇都有所交集——《我是画家》的主人公受到了一部电影的影响，而这部电影的导演正是《没有第七次争吵》里的男主人公王若凡；《泳定河的南与北》里，男主人公在北京打拼时遇到的上司，正是《如此乐意》里的女主人公秦雪芹；而《如此乐意》里的秃头彩票店老板、房东老先生，他们也都是其他故事里的主人公……

这样的编排算是我写作的一份私心，我希望这本书是一个庞大的世界，其中的每个人物之间都有命运的交互和重叠，复杂而隐秘。事实上，我们生活的世界也正是这样一个人和事错落交织的巨大宇宙——

我们每一次不知觉的错过，都可能是下一场遇见的伏笔；

每一次不得不的放弃，都可能开启了另一种人生；

而每一次暂败，也都可能是未来胜利的前兆。

于是，保持虔诚，充满热情，永远善良，不停止奔跑。

愿你始终是期待黎明曙光的小孩，也愿你成为不怕漫长黑夜的大人。

提着自己内心的灯笼，一路闯下去的勇气，都将成为你的火把。

2019年10月18日　北京

致谢

谨在此，感谢果麦文化，特别是路金波先生对我的信任和支持。感谢墨墨姐对我的鼓励和帮助，我们彼此都经历了各自人生中最艰难的时刻，也因此成了并肩的战友，以及不同轨道里同样运行着的星球，相信我们不认输的坚持，会被整个宇宙照亮。

感谢王希琛先生为我拍摄新书的宣传照片，永远难忘冻得瑟瑟发抖的我们，也难忘那天晚上在海边，一路飞过头顶的星光。

感谢装帧设计白沙老师，虽然我们未曾谋面，但你的专业和认真早已发出了信号，在收到以后，我把它们都收藏在了自己的盒子里。

感谢试读这本书的朋友们，你们的意见都非常珍贵，而你们，无比珍贵。

还要感谢我的家人，尤其是我的哥哥，一路摸着黑往前闯的路上，有你们在，我没有怕过。

最后还要感谢我最亲爱的读者们，一直以来都是你们，让我这个普通的男孩儿变得有些不普通，也是你们，成了我一次次努力下去的力量。

谢谢可爱又明朗的万物，谢谢大地和阳光、空气和自由，我愿继续带着爱奔跑。

直到生命的上游。

我不怕这漫长黑夜

产品经理 | 曹俊然　　　　　特约印制 | 梁拥军　　　装帧设计 | 郑力珲
责任编辑 | 金荣良　张小苹　　技术编辑 | 丁占旭　　　策 划 人 | 路金波

图书在版编目（CIP）数据

我不怕这漫长黑夜 / 苑子豪著. -- 杭州：浙江文艺出版社，2019.11

ISBN 978-7-5339-5911-1

Ⅰ. ①我… Ⅱ. ①苑… Ⅲ. ①短篇小说－小说集－中国－当代 Ⅳ. ①I247.7

中国版本图书馆CIP数据核字(2019)第237250号

我不怕这漫长黑夜

苑子豪　著

责任编辑　金荣良
　　　　　张小苹
装帧设计　郑力珲

出版发行　浙江文艺出版社
地　　址　杭州市体育场路347号　　邮编　310006
网　　址　www.zjwycbs.cn
经　　销　浙江省新华书店集团有限公司
　　　　　果麦文化传媒股份有限公司
印　　刷　北京盛通印刷股份有限公司
开　　本　880毫米×1230毫米　　1/32
字　　数　174千字
印　　张　8.25
印　　数　1-90,000
版　　次　2019年11月第1版　　2019年11月第1次印刷
书　　号　ISBN 978-7-5339-5911-1
定　　价　45.00元